清張さんと司馬さん

半藤一利
Hando Kazutoshi

NHK出版

清張さんと司馬さん

はじめに

雑誌の編集者という職業は、新聞記者と同じように、名刺一枚でだれとでも会える、という特権をもっています。しかも一回こっきりではなくて、膝をつき合わせて貴重な話を聞く機会は何度もある。そこに編集者冥利《みょうり》があるわけです。その仕事を四十年もやってまいりました。お蔭で滅多にお目にかかれない方々とも懇々たる知己になることができたわけで、それはそれは、生涯一編集者でもいい、と思うくらい楽しい歳月でした。

なかでも、松本清張と司馬遼太郎のお二人と親しくなれたのは素晴らしいことでした。世に編集者は数かぎりなくいるに違いないが、このお二人の謦咳《けいがい》に長く接しえたのは、あるいは少ないかも知れない。ある編集者が書いているんですね。「(司馬さんの) 人間観察の眼は、実はきわめて醒めた、冷徹なものだった、と私はひそかに思っている。時として聞き手になっている当方の肝が凍るような、鋭く厳しい人物評があって、だから私は、親しみを覚えるのとほとんど同じ程度に司馬さんという方がこわくもあった」(「本の話」平成十二年四月号) と。まったくその通りで、わたくしも何度か背筋に冷たいものを走らせました。清張さんもまた同じなのです。安易な甘えは許さない厳しい一面をもつ方でした。それが何でお前は、ということになりますと、昭和史ならびに日本近代史への関心、という、いくらかは話相手に足るものがあったからか。それでほかのところの無能も許してもらえたのかな、とそう思っているのです。

清張さんの仕事は多岐にわたっています。純文学から出発して、歴史小説、社会派推理小説、『日本の黒い霧』『昭和史発掘』、さらに古代史、晩年には森鷗外研究と、絶えることなく執筆をつづけました。全集六十六巻、原稿用紙四百字詰十万枚をはるかに超えます。関心の幅が広すぎて食いつきようもありません。司馬さんまた然りで、全集六十八巻、同じく十万枚を超え、膨大にして系統的な歴史小説群は平安末期から明治末にまで及びます。さらには、文明史家としての晩年が厳然として聳《そび》えます。大きすぎてだれの手にも余ります。しかも、その上に、お二人の仕事は昭和史、そして戦後状況をいかに体現するか、という点で結び合いました。まさに昭和に立ち向かった巨人でした。

親しくしていただいた一編集者、というだけのことを武器にして、この両巨人にこれから挑もうというわけです。あまり期待はできないよ、と予防線を張っておくことにします。

目次

装幀　緒方修一

一　二人の文豪と私

坂口安吾さんの炯眼

私の編集者生活は、文藝春秋という会社で四十一年間に及びました。四十年余も編集者をやっておりますと、作家の先生方と大そう親しくなります。「先生」なんて、よそゆきの言葉のような気になって、いつの間にか「さん」づけで呼ぶようになる。それも妙なもので、差をつけているわけではなく、「清張さん」と名前で言うようになり、「司馬さん」と姓で呼ぶようになるんです。ま、呼びやすいほうを選ぶ、ということなんです。

それで、その清張さんに初めて会ったのは？　と考えますと、どうもはっきりしません。九州に住んでいた清張さんが『或る「小倉日記」伝』で芥川賞を受賞したのは、昭和二十七年（一九五二）度下半期ですから、これは昭和二十八年ということ。わたくしの入社と同時期。当然、上京してきて社にも顔をだされたでしょう。いまと違ってホテルを借りきっての授賞式やらパーティーなんかないときです。社の一室でチョコチョコとやっていた。手すきのものは列席せよ、と号令がかかっていたから、そのときかも知れません。しかし、ペイペイ社員は、そっと覗きみた程度であったに違いありません。記憶は曖昧模糊としていますが。

その直後のことになります。原稿を貰《もら》うために群馬県・桐生に坂口安吾さんを訪ねたとき、安吾さんが「物凄い作家がでた」と、新人作家の清張さんを激賞していたのを、はっきり覚えています。「文章が正確でいいんだなあ」とも言っていました。とみに記憶のおぼろになりつつある歳になりましたが、これにかぎっては間違いありません。安吾さんは芥川賞の選考委員をやっていました。当時の安吾さんの芥川賞の選評を引用して、確認することにします。

「或る小倉日記伝」は、これまた文章甚《はなは》だ老練、また正確で、静かでもある。一見平板の如くでありながら造形力逞《たくま》しく底に奔放達意の自在さを秘めた文章力であって、小倉日記の追跡だからこのように静寂で感傷的だけれども、この文章は実は殺人犯人をも追跡しうる自在な力があり、その時はまたこれと趣きが変りながらも同じように達意巧者に行き届いた仕上げのできる作者であると思った。

（「文藝春秋」昭和二十八年三月号）

安吾さんの炯眼《けいがん》は見事そのもので、日本の推理小説の基礎をつくった清張さんの存在をいち早く予言しているかのようではありませんか。なるほど、見える人には見えるんだなあ、と感服するばかりです。

美意識の完成

清張さんと違って、司馬さんとの初対面は、非常にはっきりしています。直木賞を受賞された当時新聞記者の司馬さんを大阪のマンモス・アパートに訪ねたとき。昭和三十五年一月の某日ということになります。「週刊文春」二月一日号が、受賞者のお祝いをかねた特集記事を載せる、という。それでインタビューにでかけたのです。

まず、きれいなロマンスグレイなのにびっくりしました。三十六歳と聞いてきたのに、髪の毛の半分がもう真っ白。そのつぎに、質問をする暇も与えずに、話がつきることなくつづくのに、いくらかは呆《あき》れましたね。

「半藤……？　珍しい苗字やね。どこの生まれですか」

と、逆取材されたことも思い出せます。

「わたくしは東京生まれですが、父は越後長岡の在の出身で。坂上田村麻呂《さかのうえのたむらまろ》の東国平定に従った武士に半藤宗正という人があり、越後を通ったとき、田村麻呂がもっていた千手観音の木像を安置し、宗正ら数人をその地に留めて守護せしめて去る、という記事が『新潟県中魚沼郡誌』にあります。田村麻呂の家来の末裔《まつえい》らしいんですが」

司馬さんはフンフンと聞いていたあとで言った。

「ま、伝説ですな。信じているあなたには悪いが」

のちに、司馬さんが会う人の出自をかならず聞く人であること、苗字から出身をあてる特技をもっていることもわかりました。風土と人間の関わり合いに深い関心をもつ、いかにも歴史好き、かつ地理に詳しい司馬さんらしい質問と思いました。

清張さんはおよそそんなことに関心はもちません。担当となる編集者に、もし質問することがあるとすれば、大学で何を勉強したかね、でした。せっかく大学にまで進みながら、卒業すればそれきりという人には厳しい目を向けていました。それと、いくらか冗談ですが、東大出や官立大学出と聞くと、ウヒヒヒとなる。学歴偏重ということではありません。われこそエリートなんて顔をしている連中の鼻っ柱をポキッと折るのを、無上の楽しみとしていた。

それはともかく、司馬さんの話です。いま、その週刊誌をひっぱり出してみますと、こんなことが書かれています。

『梟《ふくろう》の城』は現代小説のつもりで書いたのです。いまでこそサラリーマン仲間に入れたといっても、長い間丸ノ内や北浜の商社や銀行員とは一線をかくされてきた新聞記者という職業を、正式な侍になれなかった伊賀者、秀吉の首という特ダネを狙う忍者によって書いてみたかったのです。

結局、人生は自分の心の中にある美意識の完成だと思います。やっぱり、誰も知らない心の中の勲章をブラさげて死んでいけばいいんだと思います。

（「週刊文春」昭和三十五年二月一日号）

直木賞受賞の弁です。いまから考えると、司馬さんは実に率直に話されているようです。[*1] たしかに、司馬さんの生涯は美意識の完成を目指したといっていいようです。美意識とは、その人の生き方の好みです。イデオロギーとか理念とか、体系として強制してくるものを、司馬さんが嫌ったのはそのためでしょう。司馬さんがイデオロギーを嫌うのは、単にマルクス主義の物神化をさしているだけではなく、キリスト教、朱子学、水戸学、皇国史観……などいっさいの思想の物神化としてのイデオロギーを嫌ったのです。

（……）人類は、その後も多くの体系を創《つく》り出し、信じてきた。ほとんどの体系はうそっぱちをひそかな基礎とし、それがうそっぱちと思えなくするために、その基礎の上に構築される体系はできるだけ精密であることを必要とし、そのことに人智の限りが尽くされた。

長編『項羽《こうう》と劉邦《りゅうほう》』の一節です。イデオロギーを「うそっぱちの体系」とは。堂々たる宣言といえましょう。

上々吉ならざる話

脱線しました。話を戻します。実は、この週刊誌の特集記事を、取材はしたのですが、その直後にわたくしが怪我をしてしまって、記事は書きませんでした。ほかの人が書いたのですが、司馬さんは当然のことながらインタビューをしたわたくしがものしたものと思い込んでおられ、しかも、どうやら気に入らなかったようなのです。過去の一些事《さじ》なんかにおよそ気を遣わない人が、一度だけ、「あの折りには、半藤くんの名文でほめられましたなあ」と、特辛といった口調で言ったことがある。いまさら書いたのは別の人でというのも男らしくないと思い、曖昧模糊《あいまいもこ》たる笑いをうかべて受け流しました。

いま、改めてその記事を読み直してみました。直接ではないが、責任の一半はあるわけで、それに司馬さんのご機嫌を損ねたのはいかなるところにあるや、探ってみたい気になったからです。

少年時代に憧れた職業は馬賊であったことがまず書かれていた。戦争中、最前線の硫黄島への転属を熱望した、という興味深い新事実もある。国のため闘魂旺盛の将校であったのか、と妙な感想が浮かんでくる。このことはその後ほとんど語られたことのない話かと思います。戦後になると、日給九十円の機械のサビ落としをしたり、地金問屋へ毎日荷車を曳いていく重労働をした話もでてくる。サビ落としをしている職場で、「事務所の女の子に死ぬほどの片恋をして、辞めてしまった」という目を見張る一行もある。

なるほど、こんなすっぱ抜きは下卑た岡っ引き根性そのもの、と思われたのでしょうか。それよりも、そうした上っ滑りな半生の記を書かれるのを好まなかったんだ、といまは思いあたります。「人間にとって、その人生は作品である。この立場で、私は小説をかいている」(『歴史小説を書くこと』)といい、司馬さんは決して私小説的な作品を書こうとはしなかった。「書く興味をもっていない」とも言いきっているのです。受賞作家ゆえのサービスと言い条、その浅薄な「私小説」を週刊誌の記者風情に書かれたことに、幾分かは腹立たしさをおぼえたに違いない。そう考えると、わが初対面は上々吉ではなかったんだなと、改めてそう思っているわけなんです。

小学校唱歌を知らない人

その後、わたくしは会社ではどちらかといえば社会部的な仕事をもっぱらとして、文学畑の雑誌に配属されたことがありませんでした。清張さんは『日本の黒い霧』『日本官僚論』などを「文藝春秋」に連載していましたから、話をする機会をもちましたが、司馬さんとはトントご無沙汰がつづきました。その司馬さんがいよいよ昭和史に題材をとる小説の執筆を企図している、という話のあったころから、ふたたびお会いすることが多くなりだしたのです。

参謀本部とかノモンハンとか統帥権《とうすいけん》とか、昭和前期の日本のいろいろについて、長々と話をするようになった。そのほかにも、雑誌の企画としてのインタビュー記事、あるいは座談会の司会をするとかの仕事もあり、そのあとで、えんえんと話し合うことも多くなりました。もっとも、正確にはえんえんと話を聞いたというべきか。なにしろ司馬さんは古今東西、森羅万象、人生百般知らぬことなく、説ききたって倦《う》むところを知らない、といった方です。話すことを最高のリクリエーションとする、ですから、こっちが喋《しゃべ》る要はないんです。

「ひとたらし」という司馬さんの言葉があります。豊臣秀吉や坂本竜馬を評しての言葉ですが、実は司馬さんその人がひとたらしの最たる人なんです。女たらしに非《あら》ず、ひとたらし。とにかく魅力ある方ですから、話を聞いた人はだれもが参ってしまう。優しい眼差しで、白髪を掻きあげながら、諄々《じゅんじゅん》と説く。大阪弁をまじえて。聞いているとうっとりしてしまうことがある。ときに同輩以上の人に辛辣《しんらつ》になることがあるが、幸いわたくしは後輩でした。それで助かりましたが。

それはともかく、その間に教えられたもろもろは、いずれくわしくふれることになるのですが、ここはのんびりした思い出話で、ということにしたいと思います。

司馬さんについては、文化勲章を授与された日の夜のことがすぐ思い出されます。おめでとうというので、東京での常宿としているホテルで会をもちまして、終わってからホテルのバーへゆき、いつものとおり司馬さんを囲んで談論風発、いや話を聞く会の延長となりました。その半ばで、文化勲章を見せて下さいということになった。司馬さんは、ああ、いいよ、と夫人を部屋へ取りにやらせた。やがて奥さんが持ってきたのが、パチンと蓋のしまる眼鏡のケースなのです。眼鏡じゃなくて文化勲章ですが、というと、これだよといわれてパチンと開けたら、なかに文化勲章がむきだしで鎮座ましましている。これには驚きました。われわれ編集者どもはみんなで首にかけまして、一分間の文化勲章受章者を気どってみたものでした。

司馬さんは、貰うことは貰ったが、権威とか、名誉とか、勲章とかを眼中に入れない人であると、よくわかりました。もっともその点では、清張さんのほうがもっと徹底していたといえますが。官から貰った章は一つもない。

これも一つ話でよくやるのですが、司馬さんは小学校へろくろく通わなかったのではないか。

酒席でときに歌が出ます。菜の花が好きだから、ということで私が歌うんです、〝菜の花畑ェに……〟。と、それは何の歌か？　と司馬さんが聞く。小学校唱歌ですよ、司馬さんとは七つ違いだから、小学校で習ったはずなんですが。それではもう一つというので、〝甍《いらか》の波と雲の波……〟という鯉のぼりの歌。これもご存じない。びっくりして、司馬さんは小学校にいってないんじゃないですか、と聞きますと「まあ、それに近いのだ」という。すなわち、学校教育というものが嫌いであった。皆がずらりと並んで同じことを聞き、覚えて、同じ答えを出す。そういうことが大嫌いであったと。

では、何をしていたのか。小学校のころから手あたり次第に本ばかり読み、そして中学校にいくと、学校をサボることができればサボって図書館へゆき、本を読んでいた。そのほうがずっと自分の頭のなかに入った、という方なんです。その点は、高等小学校しか出ていない清張さんと、あるいは似たり寄ったりであるのかも知れません。独創的に自分の境地を切り拓いていった人というのは、なんでも一緒の平均的な教育とは別のところで、自分の世界をもっていた。そう考えると、いまの平等教育がつぎの時代にどんな人物を生んでいくのか、ちょっと空恐ろしい気持にならないでもありません。

念のために書きますが、歌が下手くそで歌わないというんではありません。酒席でのお得意は「カスバの女」で、一、二度聴いたことがありますが、なかなかにお上手なものでした。

黒田節の夜

さて、清張さんとは、司馬さんの十数倍も面談の機会をもちました。練馬区関町に住んでおられたころ、階段を上がった踊り場に机をおいてシコシコ書いているのに、一驚した覚えがあります。それから上石神井のまわりが畑だけの家の時代をへて、杉並区上高井戸へと、通うところも時代とともに変わりました。とくに、杉並のお宅です。井の頭線浜田山駅の近くで、電車の線路わきの間口のうんと広い家。わたくしの住居が二つ手前の永福町、いわば隣り近所といったところ。もう大いに閉口させられました。*2

清張さんはきわめて勤勉な方で、いちばん嫌いなのが休日で、自分は原稿に取り組んでいるのに、編集者が休んでいるのが許せぬ。一年中でいちばん嫌いなのが五月の連休。「なぜみんな休むんだ」と憤懣《ふんまん》やるかたない口調で毎年言うんです。で、日曜日の朝には、月に一度か二度きまって電話がかかる。はじめのころは、わたくしの家内は電話を手に飛び上がっていました。「もしもし、松本です」「どちらの松本さんで?」「浜田山の松本です」「浜田山の……」「松本セイチョウです」「うひーっ」といった具合です。用件はきまって、

「重要な話がある。すぐにでも来てほしい」

近くですから自転車でお宅へ伺ってみると、例により胸のあたりを煙草の灰で白くした着物を、だらっと着流して出てまいります。ときには重要だという話もありましたが、おおむね雑談に終始するのです。そのうちに理解しました。これはわたくしから日曜日を奪いたいんだなと。昼に

なると、鰻重《うなじゅう》がきまって出されます。ほんとうに数知れないくらいご馳走になりました。清張さんはいかにも美味《うま》そうにペチャペチャ食べていましたから、好物のひとつであったのでしょう。好物といえばコーヒーもそうでした。きまってコーヒーが供されました。

ついでに言うと、清張さんは決して美食家ではなかった。何でも平気な人で、食いものにとやかくいうものではない、という思想の持ち主であったのではないか。それと、清張さんは酒をほとんど嗜《たしな》みません。司馬さんもそれほど酒好きとは思えませんでした。もっとも、司馬さんは、喋るのが忙しくて杯を口に運ぶ暇がなかったのか。とにかく、大酒飲みに大作家はいないのは確かのようです。

それと、司馬さんとは一度もありませんでしたが、清張さんとは二度、取材で一緒に旅行をしています。『空《くう》の城』のアメリカ・カナダと、『西海道談綺』の北九州路です。九州路での日田《ひた》の夜、三隈川《みくまがわ》での鵜飼《うかい》の宴は楽しかった。屋形船の上で美形の三味《しゃみ》の音も艶やかに、それに合わせて清張さんはすっくと立って、黒田節を舞って見せてくれました。これが嵌《は》まっていて、戦国武士を思わせる悠容たるもの。やんややんやの拍手に、恥じらいというか、可愛いというか、いい表情が浮かんでいました。清張さんは見かけによらないシャイな方なんです。「いやあ、洒落《しゃれ》てますねえ」「洒落てるだろう」と清張さんは嬉しそうでした。*3 洒落てるというのが、実は、清張さんには最上のほめ言葉なんです。

モントリオール空港にて

旅に出ていちばん参るのは、清張さんが酒を飲まないということでした。取材を終えて戻ってくる。さあ夕食となって、こっちが楽しみとしているビールをゆっくりコップで一杯か二杯くくとあけないうちに、ご自分は食事をすませてしまう。そして、「さあ、どんどん食ってしまって、きょうの取材について、どんな印象をもったか、新発見があったか、彼はなぜあんなことを言ったのか、などなど、部屋で大いに語り合おう」と言って席を立とうとする。ちょっと待って下さいという余裕も与えてもらえない。この仕事熱心には、いじきたない呑ん兵衛はトコトン閉口いたしました。

これが三日も四日もつづいたとき、わたくしはついに堪忍袋の緒が切れました。「清張さんッ、たまにはゆっくりとビールを、せめて二本、飲ましてくれぇ」。もうほとんど悲鳴に近い抗議でした。さすがの清張さんも啞然《あぜん》とするだけ。およそ理解できない不作法と思ったかも知れません。しかし、そこは大作家です。

「そうか、なるほど、面白いもんだ。酒飲みというのは干乾しになると、そんな大声をだすのか」と、さっそくつぎの小説のモルモットを視るかのように、ジロジロといつまでもわたくしを眺めていました。

翌日は、カナダのモントリオール空港から、アメリカへ飛ぶ日でした。わたくしの身分を考えない不機嫌がつづいていました。すると、だだっ広い空港のはるか彼方から、ひとりの紳士がソフト・アイスクリームを、それも特大のそれを両手に捧げもつようにして、小走りに走ってくるではありませんか。清張さんなんです。フウフウ息を切らしながら清張さんは一つをわたくしの前に差し出して、言うのです。

「半藤くん、これでも食べて、機嫌を直して、明日からのアメリカ取材でも頑張ろう」

そしてご自分も、三角に盛り上がるだけ盛り上がった真っ白い頂上から、べろべろやっているではありませんか。酒の恨みなんかいっぺんに吹き飛びました。こんな優しい、いい人に、不機嫌なんてなんたる所行かと、ただただ頭を下げました。それでわたくしもふだんは敬遠しているソフトクリームをべろべろやりだしました。清張さんと顔を見合いながら、空港の真ん中でしばらくべろべろを楽しみました[*4]。

清張さんの優しいお人柄については、すべての編集者が口を揃えていうことでしょう。こんな話を聞いたこともあります。これは女性編集者です。銀座で待ち合わせたとき、なんと、この女性は四十分くらい清張さんを待たせたらしい。「ごめんなさーい」と甘えて言ったら、無言のまま、清張さんはさっさと勘定を払って店を出ると、件《くだん》の女性を和光へ連れていった。そして時計を買って与えたというんですね。そして、

「編集者は時間を守らなきゃいけない」

と、ただ一言。いらい、その女性編集者は時間には決して遅れないようになったとか。厳しくも、また優しい教えなんですね。清張さんは、失礼ながら、あの風貌からは想像できないかも知

れませんが、それくらい優しい人なのです。[*5]

そういえば、司馬さんのご親切で、わたくしも貴重な絵を、それも三枚も頂戴したことを思い出しました。『街道をゆく』の挿絵を描いていた須田剋太《すだこくた》さんの絵を、ある日、滅法《めっぽう》矢鱈《やたら》に褒《ほ》めまくったら、司馬さんが「どこがそんなにいいのか」と聞く。「線です。あの線に須田さんの強烈な意志があります」と答えたように記憶しています。それから一週間もたったとき、須田画伯から「司馬さんの依頼で」と直接に絵が送られてきました。いやあ、感謝したなんてものではありませんでした。こんな風に大作家という人はみんな優しい、と言ったら、その程度の感謝の気持で名作を三枚もせしめた幸運をチャラにするのか、と叱られるでしょうが。[*6]

いまこれを書きながら気づきました。画伯へのお礼は、あるいは司馬さんがされたのかも知れません。

＊1　ページ数の関係で、この受賞の弁は後半を略してあります。これも一つの資料となると考えるので、それをここでは付記しておきたいと思います。
「直木賞は中国史における高等官登用試験の『科挙』に似ています。新人作家にとって、この賞は大きな魅力でありすぎる。／僕は正直なところ悲観的で、忍術ならぬ心術で心の中を押しころしていました。当分は自分なりに時代小説の新しい境地を模索していきたいと思います。／いままで、イギリスの貴族が狩猟を楽しむように、趣味として小説を書いていましたが、もう趣味なんていっていられません。でも、新聞記者稼業もやめたくはありませんね」

しかし、そういっている司馬さんが産経新聞社を退社するのは、翌三十六年三月のことです。趣味でなくなった以上、結局は二足の草鞋をぬがざるを得なくなったのであろうと察しがつくわけなんです。それに「時代小説の新しい境地」を最初は目標にしていたことにも、注目したいものです。

＊2　上石神井の家のことは妙に覚えています。駅からは大根畑がずーっとあって、その奥のほうで、広い敷地の上に堂々と家だけが建っているといった感じでした。つまり庭づくりなどには手が回らない、というわけです。まわりには新しい同じような家がぽつんぽつんと建っていました。でも庭に面して応接間がきちんとつくられていたのは、つぎからつぎへと編集者の来ることを期待してのものであったんだ、とのちに清張さんは語って、

「ところが、大いに期待に反してね」

と、他人事を楽しむように愉快そうでした。そういえば、最初の関町の家には応接間なんかありませんでしたから、応接間のあることが当時の清張さんはきわめて嬉しいことであったのかも知れません。

清張さんは、そうした武蔵野の外れに居をもったことから、それでよく東京の西の郊外を散歩したもの、とも話していました。その作品に武蔵野の風光が上手に描かれるのも、そのころの体験がものをいっているのかも知れません。『波の塔』の調布・深大寺の場面を抜いてみましょう。

「（……）寺は古かった。山門が藁葺《わらぶ》きで、桃山《ももやま》時代の建築というから古いものである。（……）場所が武蔵野の中だし、それも、ここは『万葉植物』が栽培されているというほどに

由緒を感じさせた。山門までの道は杉木立があり、寺の屋根の上は密林のように葉が緻密《ちみつ》に重なっているのである。

（……）深大寺付近はいたるところが湧き水である」

どうでしょうか、観察の細かさは一度や二度の来訪ではなかった、ということであると思うのですが。スチュワーデス殺人事件を主題にした『黒の福音』にも、武蔵野の景色が美しく描かれていました。

＊3　この北九州路の旅については、別のところでこんな風にわたくしは書いたことがあるのです。それをご紹介しておきましょう。

「九州路の大分県の鯛生金山の廃墟でも、清張さんの取材の姿勢は同じでした。……その金山跡の様子については、清張さんご自身の文章で偲んでいただくことにします。

『鉱山の施設は黒々と残っていたが、人見えず、物音聞こえず、付近の坂道に沿う大きな旅館も廃墟という鬼気迫るゴーストタウンであった』（「着想ばなし」）

そしてその日の日田での夜――三隈川での鵜飼の宴は楽しかった。屋形船の上で清張さんを広瀬淡窓に見立て、その門弟を気どるのは乙なことでした。酒の美形がありさえすれば、こっちは『清張は川流を楽しめ、我は美酒を酌まん』であり、『同船に友あり自ら相親しむ』の心持ちにたちまちなれるわけです。ところが、のちにお書きになったものを読んで、エッ、と思わず嘆声を発したものでした。それにはこう書かれているのです。

『その夜は、昼間の陰鬱な気分〔注・鯛生金山跡を見たのちの〕を忘れるために、三隈川の鵜飼を見に屋形船に乗った。船中に女性あり、その歌を聞き、踊りを見ながら、同じく金山に関連して約二十年前の同じ季節、佐渡相川の夜の唄と太鼓を思い出したことだった』（『着想ばなし』）

　そうとも知らないこっちはいい気なものでした。同船の友である美形が三味の音を艶やかに川面に流して、黒田節を歌いだした」

　というわけで、清張さんの戦国武将を偲ばせる舞踊となるわけなのですが、あの「一つ踊りをご覧にいれるか」ということの裏に、陰鬱な気分を吹き飛ばしたいという思いがあったとは。そんなこととはまったく気づかないこっちは、清張さんにとってはまこと頼み甲斐なき輩かなというところであったと、いまになって思います。

＊4　カナダのセント・ジョーンズへの旅では、ほかにもいくつもの滑稽な、楽しい、忘れられないことがありました。日本からの観光客の滅多にないところのためか、日本国内の旅行社が予約してくれたホテル、いや正確にはモーテルが、それは町外れの、もうサービスから設備から何から何まで言語を絶するひどい宿舎。こんなところへ文豪をお泊めしてもいいのかなと思える造りでした。「ほかにホテルは見つからなかったようなので」とか何とか、ムニャムニャ誤魔化すこっちに、清張さんはあっさりと、「これもまた風流というもんだよ。芭蕉の句の『馬の尿《しと》する枕元』というところだね」などとかえって慰め顔にいわれるのです。そしてここには三晩泊まりましたか。そして、いよいよアメリカ本土へ移動することになりました。

　タクシーの運転手に「飛行場へ行く前に、土産物を買いたいので、どこかショッピングするのにいちばんいい店に」と指定すると、ただちに「オーライ」と請け合って、町の真ん中の結構な建物へと私たちを運んでいってくれた。嫌でも眼に入りました。大きな字で、セント・ジ

ヨーンズ・ホテルという看板が。すると、

「半藤くん、ことによると、ここはこの市の誇る一流ホテルとは違うかね」

清張さんは顔を笑いでいっぱいにしていうのですね。いわれなくても最高級のホテルとわかります。これには閉口頓首するほかはありませんでした。何とも返事もならず、心のうちで、旅行社の野郎め、と罵倒しつづけました。

「しかし、潰れた商社の人間がこんな立派なホテルに泊まれるはずはない。かえって取材旅行としては、あのモーテルでよかった。われわれは仕事で来ているのだ。遊びに来ているわけじゃない。日本の旅行社のお手柄かもしれないよ」

そう清張さんは、こんどは慰めではなく、真面目な顔でそう言うのです。事実、小説には、かのオンボロ・モーテルがうまく使われています。まさしく体験した実際のままが描かれています。引用してみましょう。

「……裏の中庭を隔てて建っている厩舎のような棟割り部屋に通された。ドアを開けるとすぐに部屋で、まるで地面にベッドを置いているようだった。窓といえば天井近くに細長い換気窓があるだけで、鳶口《とびぐち》のようなものを手でもって開閉しなければならなかった。しかし、製油所の大伽藍のような廃墟を見たあとの気持にはしっくりだった」

写していると、あらためて恥ずかしくもありますが、懐かしさのほうが強いといったほうが、正直なところであります。

＊5　清張さんの優しさについては、専属速記者として九年間も清張さんとつきあった福岡隆氏の『人間・松本清張』のなかの次の一文が、見事に語ってくれていていいかと思います。長

く引用します。

「私が九年間接したお手伝いさんで、松本さんの陰口をたたいた者は一人もいなかった。みんな、やさしい、思いやりのある方だとほめていた。松本さんは、実によく気のつく人で、お手伝いさんが九時すぎまで働いていると、早く寝なさいよ、あとはこっちでするからと、いたわりのことばをかけていた」

編集者のなかには、優しい人であったとは金輪際思えない、という人も多いようです。そうとう手荒く扱われたという思い出だけを語る人もいるようです。が、それは清張さんの眼からみて、編集者としては一種落第であったため、としか考えられないのです。とくに約束にたいしてズボラな者には厳しかった。はたしてズボラを決め込むことはなかったか、清張さんの優しさにふれられなかった人は、自分で自分の胸に手をあてて考えてみたらよろしいのではないか。

＊6　司馬さんの須田剋太画伯論がちょっと面白いので、ご紹介します。

「おそらく画家（須田さん）には、土霊のようなものに感応しやすい生来の感受性が備わっているのであろう。この場合の土霊とは、伝統の文化がついに土にまでしみこみ、さらに草木に化《な》り、ついには気になって宇宙を循環しているといったようなものである。もっとも画家の場合、とくにその抽象絵画においては、土俗主義からおよそ対極的な場において知的に構成する。戦後の国画会において評価を確立したこの人の抽象絵画にあっては、土霊というにおいは、まったく遠い。しかし、その生き方においては、確乎とした日本文化のなかにひそむ土霊の上に立っている。絵を描く者は中世の捨聖《すてひじり》のように生きねばならないというふうにして生きつづけてきたこの人の姿勢にそのことを感じざるをえない」

　そして、『街道をゆく』の最初の挿絵に接したときの感想は、こうである。

「画家は、原画に色彩をつけていた。印刷は、当然、黒の濃淡で出る。原画に色彩をつけてもしかたがないのだが、このひとには、凸版効果をねらって絵をかくような器用さを厭《いと》うところがあり、ことさらに愚直な方法をとったのにちがいない。それが原画集としてまとめられたとき、みごとな力を顕《あらわ》した」

　ともに須田画伯の『原画集・街道をゆく』（朝日新聞社）中の司馬さんの解説から引用なんですが、さすがに往年の新聞社の美術担当記者でもあった司馬さんの名解説だな、と感服する。わたくしがいった「強烈な意志」というのは、いいかえれば「土霊に感応する力」ということでありました。尻馬にのって一言いたしました。

二　社会派推理小説の先駆者として

なつかしい言葉「清張待ち」

作家の森本哲郎さんから聞いた話があります。外国旅行の旅行先で時間をもてあましたとき、森本さんがホテルに備えてあるレター・ペーパーで原稿用紙を作り手渡したら、清張さんが大そう喜んだというのです。その頃、森本さんは朝日新聞の名文記者として名を馳せ、清張さんの担当者でもありました。いそいそと部屋に戻りながら、清張さんは、

「きみ、作家の条件って、何だと思う?」

「才能でしょう」と森本さんが答えると、ニヤリとしながら、

「違う。原稿用紙を置いた机の前に、どのくらい長く座っていられるかというその忍耐力さ」

そして翌日も、つぎの日も、清張さんは部屋で机に向かっていた。そうか、「忍耐」こそ「才能」なんだと、森本さんははじめて気づいたという。この話、清張さんの人となりを見事に語っています。

年譜を見るとびっくりさせられます。昭和三十年代の十年間の凄まじい執筆量、字義どおり超人的です。ほぼ毎年、連載小説を十本前後抱え、短編小説もこなし、その上に講演旅行に海外取材とエネルギッシュに行動しています。大宅壮一さんが「人間の知能労働の限界に関する実験と

しても、興味ある課題である」と、モルモット視したのは昭和三十五年（一九六〇）、清張さんは五十一歳のときでした。

その上に驚嘆すべきは、超多忙のなかで傑作をつぎつぎに発表していった、ということなのです。超酷使の頭脳労働をしているときに、代表作になる秀作が生まれている。働き盛りには、千切っては投げ、千切っては投げしているときが、とりも直さずその人のボルテージが最高のときなのかも知れません。[*1]

その代わり、私たち編集者は数かぎりなく青い顔にさせられました。ありとあらゆる地獄の責め苦を体験した、といってもいいでしょう。一枚でも二枚でもいい、書きあがった分を強奪して、印刷所へ駆け込む。よその出版社が先か、こっちが先か、これはもう戦国時代の一番乗り争いと同じで、編集者同士は死に物狂いです。締切りを前にして、清張さんも必死なら、こっちはそれ以上に必死。ほかの部分は全部校了にして、あとは「清張待ち」というわけです。いまになると、なつかしい言葉ですね、「清張待ち」。

切ない男の願望

なかでも、なつかしいのは昭和三十五年でしょうか。いわゆる六十年安保の年です。『日本の黒い霧』が「文藝春秋」一月号から、『球形の荒野』が「オール讀物」のやはり一月号から、それぞれ連載がはじまりました。『わるいやつら』が「週刊新潮」に一月の同時期ころ連載開始。初夏には読売新聞夕刊に『砂の器』が載る。どの作品も清張先生全力投球のもので、とにかく読むだけでもたいへんでした。

ご自分の作品についての感想など、いっさい聞こうとはしない司馬さんと違って、清張さんはしつこく聞く人なんです。わたくしが「文藝春秋」編集長のころ、『空の城』を連載していました。担当者が戴いた原稿をもって社にまだ帰り着かないときに、電話がかかってくる。「どんな感想かな」「まだ届いておりませんので」「そうか、じゃあ、届いて読んだらすぐに電話してくれ給え」。そこへ担当者が帰ってくる。戴いてきた原稿はたったの五枚。感想の申し述べようもないんですが、とにかく電話して、用意した言葉を言うのです。

「これこれのところの描写、実に洒落てますね」

「それは前にも聞いた。毎度同じ感想じゃ読んでいないと同じ」

ざっと、こんな具合です。これで閉口しないものはいませんね。

でも、昭和三十五年ごろは、真剣に読後感を申しあげたものでした。夏ごろ「サンデー毎日」に載った短編『駅路《えきろ》』のことは、いまも忘れられません。いい短編でした。定年を迎えた男が、好きな女と余生を送ることを夢見て、蒸発し実行する。驚いた家族が行方を捜してみれば、男は殺されている。秘密の恋がだんだんに暴かれていって、やっと女にたどりついたときには、その女もすでに死んでいる。二重構えのドンデン返し。あっと驚かされました。

「男のあわれさ、寂寞感。俺の人生はどうか。身につまされます」

「きみ、まだお子さんは三つか四つだったよね。それがもう家庭からの解放を願っているなんて、そりゃあ、まだ早すぎるよ」

そう清張さんに窘《たしな》められた。が、この小説には、歳の如何にかかわらない、男たちの、容易に実行できぬ永遠の願望がある。

そして、この日常性といいますか、ごくごくその辺にいるような隣人が犯罪を犯す、あるいは犯人を追いつめる。そこに清張さんの作品の怖さ、面白さがある。[*2] 清張さんの登場いらい、推理小説は一部愛好家の手から広い読者層に移り、市民権を獲得するようになるのですが、そのきっかけをつくった『点と線』もそうです。

東京駅の十三番線ホームから十五番線をのぞむ四分間の目撃者、という着想、そして謎解きで話題になりました。たしかにそうに違いないのですが、実はそれ以上に重要なのは、未知の福岡県・香椎《かしい》の海岸あたりを、鳥飼刑事になって本当に歩いているような気分で、読むことができたということ。つまり、それまでのトリッキーな探偵小説とは違って、作品の日常的なリアリティが、読者の胸を打つんです。そのことが清張さんを社会派推理小説の元祖に仕立てあげたといえるのではないでしょうか。[*3]

「カラスなぜなくの……」

長編『球形の荒野』はいままでに何度も読んで、そのたびに新しい感動を与えられています。

その出だしは最高ですね。

芦村節子《あしむらせつこ》は、西の京《にしのきょう》で電車を下りた。

ここに来るのも久し振りだった。ホームから見える薬師寺《やくしじ》の三重の塔も懐かしい。塔の下の松林におだやかな秋の陽が落ちている。ホームを出ると、薬師寺までは一本道である。道の横に古道具屋と茶店を兼ねたような家があり、戸棚の中には古い瓦などを並べていた。節子が八年前に見たときと同じである。昨日、並べた通りの位置に、そのまま置いてあるような店だった。

この節子がお寺の芳名帳に叔父の筆跡によく似た字を見つける。その叔父は、戦争中はヨーロッパにいて、終戦を促進するための秘密工作にたずさわり、帰国を前に死亡したことになっています。おかしい、と思って、もう一度お寺を訪ねて芳名帳を見ると、もうそのページは切り取られていた。

清張さんは雑談の折りにこんなことを言っていました。

「奈良や京都の古寺の白い壁や柱に落書きが多いのに、だれでも気づくだろう。なかには、恋人と二人できたものが、青春の思い出に二人の名を書き、何年かたって、中年の人妻としてふたたび訪れてきて、過ぎ去った恋を偲ぶのもあるかも知れない。このアイデアはいける、と考えたが、これだけではものにならない。と思っているうちに、とにかくこれがヒントになって、あの小説ができあがった」

そこから、国際的謀略の犠牲になって死んだことにされ、日本国籍を失った外交官の物語がどうして生まれるのか。作家の発想とはそういうものか、と恐れ入った記憶があります。この作品は単なるミステリーではなく、清張さんが書こうとしているのは、戦中から戦後への現代史の一裏面というものではないか。そう思うんです。ひとりの外交官が自分を死者として存在を消し、連合国の謀略機関に加わり終戦を画策する。そこから発する国家敗亡を前にした軍部と外交官の確執。それは戦後まであとを引いてくるんですね。

物語としてはリアリティを備えてうまく描かれていますが、現実ではありえない話だ、という批判が当然提出されることでしょう。が、まったくない話ではなかった。事実、ルーズベルト米大統領の政治外交顧問ジョン・F・ダレスの弟、アレン・ダレスを仲介として、スイスで秘密裡に行われた和平工作には、何人もの日本の軍人や外交官がからんでいます。「涙をふるって聖断を仰ぐべし」の電報も虚しく、結果的には東京の理解がなく潰《つい》えてしまいましたが、ダレス工作は充分に研究するに値するものなのです。

清張さんがこんなに戦後も早い時期に注目していたとは、と、いまは脱帽するばかりです。おそらくは広範な情報収集と独特の探究心から、このテーマを思いついたのでしょうが。昭和史好きとしては、サスペンス小説というよりも、より大きな歴史的関心をもって愛読者となっているわけです。それにしても、この作品のラストが泣かせますね。元外交官は会いたいと思っていた娘とやっと会う。娘は父と知らない。二人で「カラスなぜなくの……」を歌う。

合唱は波の音を消した。声が海の上を渡り、海の中に沈んだ。わけのわからない感動が、久美子の胸に急に溢れてきた。

気づいてみると、これは自分が幼稚園のころに習い、母と一しょに声を合わせて、亡父に聞かせた歌だった。

娘は、はたして紳士が父とわかったのかどうか。余韻嫋々《じょうじょう》。

戦後日本の証言者・告発者

新聞小説の『砂の器』も傑作です。ここにも、重い足をひきずりながら聞込みにまわり、疲れた顔で捜査本部に帰ってくる刑事が登場します。晩酌の一本の間も、事件のことが頭を離れず、しかも貧しい生活の重荷を背負い、あくる日もすりへった靴をはいて出かけてゆく。戦後の私たちの生活がそのまま書かれています。このリアリズムの向こうに、日本が抱えている大きな問題がやがてでてくるんですね。

それにふれる前に二点ほど。この小説には、言語学の問題がでてきます。いわゆるズーズー弁の東北弁が遠く離れたところにもある。島根県の出雲弁で、そのころに日本言語学会で発表された研究でした。これがうまく取り入れられている。もう一つは超音波。音としては耳に聞こえない音波が、当時科学の話題になっていました。さっそくこの超音波を犯人は武器として使っているんですね。

清張さんが新聞や雑誌のニュースやトピックにいつも目を光らせていることに、

「旺盛な好奇心にはもう恐れ入るばかりであります」

清張さんはニヤリとして、

「好奇心じゃない。耳をそばだて目を光らせるだけじゃない。それを深く研究する。だから、探究心といってくれ給えよ、探究心と」

それ以上に、今日になってみると、清張さんが現代の問題を先取りしていたことのほうに、驚嘆させられます。『落差』でテーマとされている教科書問題なんかいまにそのまま通じます。問題意識をだれよりさきに明確にしていた。[*4] この『砂の器』の犯人は、自分がハンセン病患者の息子である事実を消し去ろうとする。そこで、大恩こそあれ何の恨みもない人を惨殺するわけです。ハンセン病患者が身内にいるだけで差別される社会への、清張さんの抗議の声が聞こえてきます。

それが刑事たちの犯人への思いという形で示されるのです。捜査が進むにつれ犯人の気の毒な身の上が明らかになる。被害者の元巡査は同情心が厚く、それゆえに犯人は追いつめられた気持になるんです。人間の不条理な問題が提起されます。過去を消したいために人を殺す。刑事たちの同情と憎しみとの二律背反する気持を丁寧に書くことで、社会全体に差別に対する反省を促している。

ハンセン病患者は、特効薬の開発で完全治癒しているにもかかわらず、法により制度化された差別と偏見のため、社会的に隔離されたままになっていました。さきごろやっと、国家がハンセン病患者の皆さんに謝罪いたしました。そこまで達するのに、政治が右往左往していたのも事実です。清張さんが生きていたら、国はもっと率直にならなければいけない、と多分主張したと思います。

そういえば、過去を完全に抹殺《まっさつ》したい、と願ったものの犯罪ということで『ゼロの焦点』が忘れられません。過去を断ち切るとは、過去につながる人間を断ち切ることを意味します。敗戦日本の町々にいたパンパン・ガール。世の中が落着くと大部分の女性は平穏な生活を取り戻したに違いない。しかし、と清張さんは言う。

「取り戻しながらも恥辱の日々のあったことをだれにも語れず、自分の胸中にひた隠しに隠して〝いつかだれかに知られるのではあるまいか〟と怯《おび》えながら生きているに違いない。こう思ったとき『ゼロの焦点』のアイデアが浮かんだ」

わたくしはこの作品を読むたびに、作家の伊藤整氏が言ったという「犯人は占領政策」という言葉を想起し、心から同感します。そして、清張さんが推理小説を書いたのは、戦後日本を描くための手段ではなかったか、といつも思うのです。ことによると、清張作品なくしては、いつの日にか戦後情況はまったく理解できなくなる、いいかえれば、日本の戦後は、その体臭は、清張さんの小説のなかだけにしか残っていないことになる、というわけです。[*5]

清張ミステリーの新しさ

よくいわれているように、動機の重要性を主張し、ミステリーの現実性、社会性を強く打ち出した。それが清張さんの大功績であるのですね。トリックから動機へ、探偵小説から推理小説へ、この軸に戦後日本の推理小説が成立したのも、もういうまでもないことと思います。[*6]清張以前の、といってもいいと思いますが、探偵小説はパズルのような謎解きに傾いて、人間がしっかりと描かれませんでした。そこへ清張さんの登場です。犯罪を犯すという切実な動機をしっかりと書くことは、とりも直さず人間を描くことになる。清張ミステリーの新しさは、隣りにいる人が動機次第で人を殺すかも知れない恐ろしさです。まさしく、隣の人が殺人鬼となる今日の日本そのものの姿といえるのではないでしょうか。

清張さんの言葉があります。

　私は、古くから探偵小説の読者でした。（……）五、六年前までの日本の探偵小説は読むに困ったことが多いのです。どういうところが困ったかと言いますと、一口に言って、つくりごとがひどすぎるのです。生活が書けていないし、人間の性格が書けていない。したがって、物語の中の人物が類型的で、機械人形のような動きしかできない。生きて、血のかよっている、われわれと同じ人間とは思えないのです。

（『推理小説の発想』）

また、こうも言っています。

動機を主張することが、そのまま人間描写に通じるように私は思う。犯罪動機は人間がぎりぎりの状態に置かれた時の心理から発するからだ。それから、在来の動機が一律に個人的な利害関係、たとえば金銭上の争いとか、愛欲関係におかれているが、それもきわめて類型的なものばかりで、特異性がないのも不満である。私は、動機にさらに社会性が加わることを主張したい。そうなると、推理小説もずっと幅ができ、深みを加え、時には問題も提起できるのではなかろうか。

（『推理小説の読者』）

（……）物理的トリックを心理的な作業に置き替えること、特異な環境でなく、日常生活に設定を求めること、人物も特別な性格者でなく、われわれと同じような平凡人であること、描写も「背筋に氷を当てられたようなぞっとする恐怖」の類いではなく、誰でもが日常の生活から経験しそうな、また予感しそうなサスペンスに求めた。これを手っ取り早くいえば、探偵小説を「お化屋敷」の掛小屋からリアリズムの外に出したかったのである。

（『日本の推理小説』）

こうして清張さんの作品は大々的に読者を獲得しました。やがて個人の悲しくも辛い犯罪から、大幅に視点が拡大していき、個人の悪の背後の組織の悪に迫るようになってゆきます。欠点を言え、となれば、ユーモアに欠ける、という点でしょうか。あれだけ膨大な作品がありながら、「あそこは笑ったね」と共通して話し合える場面は思い浮かばない。[*7] それと、出てくる高級官僚はおしなべて悪人ばかり。一人としてよき人間はいないのが、いつも気になった。それで、「こう官僚をくそみそに書きつづけたら永遠に勲章は駄目ですね」

清張さんはちょっと表情を厳しくして言いました。

「勲章？　いらんね。漱石だったかな、ただの夏目なにがしでいいといったのは。僕もただの松本なにがしさ」

アイデアはどこからくるか

それにしても、一作一作ごとの斬新なアイデアはどこからでてくるのでしょうか。はっきり言えるのは、書斎の机を前にして考えたようなトリックは、一つもないということです。人間のドラマとしてのミステリーを書くためには、頭で考えていてもでてきません。そりゃ、何も考えないよりはましでしょうが。

こんなことがありました。車で高速道路を一緒に帰ったときのこと。突然、清張さんが「おっ」と声をあげたのです。高速道路のところどころ、道がカーブしているあたりに、休憩所みたいな空所があります。車が一台止まっていました。私たちの乗った車の灯火がちょうど後部座席を照らし出す恰好になりました。だれも乗っていないようでした。わが車はそばをすうーと通り抜けて……、それだけです。しばらく行ったとき、清張さんがポツリと言いました。

「アリバイ崩しに使えるね」

すこし酔っているこっちは何のことやらでした。だいぶあとになってから、『馬を売る女』でその場面がでてきたんですね。都会の死角ともいえる、高速道路の非常駐車帯での情事、そして殺人……。これを読んだときも気づきませんでした。清張さんに「ほら、あのときに……」と教えられて、アッと声をあげるお粗末さ。心ここにあらざれば見れども見えず……。

『声』[*8]という短編は、文藝春秋の電話交換手の素晴らしい耳のよさというところから発想されました。「まつ」と言うか言わないうちに、「松本先生ですね」と答える。いやぁ、精密な器械以上だね、といつも感心していた。それを活かして、電話交換手に声を覚えられた男が犯す殺人という設定でありました。ちなみに、清張さんは新刊の自著が出版されるたびに、交換嬢にはかならず署名入りで一冊を献呈しておりました。親切も極まれり、と冷やかしたときの照れようたるや、声に恋している青年といったところでした。

　雑談のときの「いびき」の話も面白かった。戦争中、徴兵された清張さんは朝鮮の第二十四連隊に入隊しました。やがてニューギニアへ送られることになっていた、といいます。

「半藤くんはよくご存じのように、ニューギニア戦はべた負けの負け戦さだから、行ったら命はないものと覚悟していた。けれどもね、敗走の途中で、味方の兵隊に殺されたらたまらない、とそれを恐れていた。なぜかって、僕は寝るといびきを高くかくらしい」

「なるほど、いびきのお蔭で敵に見つかって全滅した分隊の話を聞いたことがあります」

「だろう。だから、もしニューギニアに送られたらどうしようか、と。それが恐怖だった」

　そのときは、清張さんの戦中の体験談としてぼんやりと聞いていましたが、後に短編になっていると知って、ほとほと感服しました。題はまさしく『いびき』。時代小説の短編です。いびきをかいて眠る牢内の仲間を、入牢者が集団で殺す小説でした。おぞましい人間悪がそのままに出ている小説でした。[*9]

＊1　矢島裕紀彦さんの労作『文士の逸品』（文春ネスコ刊）に、「松本清張の斜面台」が写真入りで掲載されています。当の斜面台そのものは、いまは北九州市小倉の松本清張記念館にあるので見ることはできます。それは、休みなく原稿を書きつづけるために、執筆時の手にかかるきつい負担を少しでも軽くするためにと、清張さん自身が考案してとくに作られたものなの

です。書斎机の上にのせた斜面台に原稿用紙を広げると、書くときに手首は折れずに真っ直ぐになります。それでペンを走らせると、ずいぶんと負担が減少するから疲労を軽減することができる、というわけです。そうやって清張さんは原稿用紙の枡目を埋めつづけたのです。

「最晩年には、さらに小さな斜面台を特注して二段重ねにし、衰える視力を補った」

と、矢島さんは説明しています。とにかく時間があれば机に向かっていた清張さんの奮闘ぶりを偲ばせる、まさに「逸品」です。

＊2　この点に関して昭和四十六年七月号の「オール讀物」で、清張さんはこんな風に語っています。参考のために。

「我々の日常の中にひそんでいる危機、いつそういうものがだれの身にもおこるかわからない、という危機感を設定したほうが、はるかに普遍性があるのではないか。（……）動機を追求することが人間追求にもなり得る」

動機を重視する、という清張さんの考え方に、井上ひさし氏も同感して、つぎのように相槌をうちます。

「動機を重視したということは、人間の性格を重視したということなんですね。性格の重視ということは人間描写の確かさへつながってくるわけです。清張さんの小説の魅力というのは、人間が実に的確にとらえられているということです」

まったく同感、同感、というばかりです。

＊3　わたくしが編集長として編集した「文藝春秋」臨時増刊『松本清張の世界』のなかに、

『点と線』の解説としてこんなことが載っています。

「なぜ『点と線』という題名をつけたかについて、著者は次のように言っている。

『人間というものは、なにか一つの点のようなものではないか。この点と点を結びつけている線が、あるいは親友であり、恋人であり、先輩後輩の関係である。しかしこの線は、あるいは、他人が見てそういう線を設定して引いているのではないか、実際はそうではないが、あたかもそうであるように他人が勝手な線を引いている、という関係もありうると思うのです』

たとえば、男と女が同じ場所で同じ薬を飲んで死んでいれば、心中だと見るのが常識である。つまり、常識とはあらかじめ設定された線であって、この線によって物事を判断していれば間違いなかろう、というのが良識である。

だから、常識は容易に裏切ることができる。それが、推理小説におけるトリックなのである」

この小説の解説としてはこれで十分と思うのです。無署名記事なので、どなたが書いたものか忘れてしまいましたが、清張さんご自身がわざわざ自作解説をしてくれたのかな、とも思っています。とにかく当時はこの小説の出現には読書界は圧倒されました。オドロオドロしい謎解きでない、社会派推理小説の幕開けを告げる傑作であったと記憶しています。それはまさに戦後日本人が読みたいと思っていた作品でした。

ところが、清張さんは光文社の初版本の〝あとがき〟でこう書いているのです。作家というものは貪欲なるかな、と思うばかりですが。

「この小説では、いわゆる謎解きの方にウエイトを置いて、動機の部分は狭くした。それが『本格』の常道かどうか知らないが、私の今までの主張を自ら裏切ったようで少々後味が悪い」

今までの主張とは、日本の推理小説が動機を軽視しすぎている、「探偵小説の成立は動機にある」というものであることは、本文に記してあるとおりです。

＊4　そのほか、政治献金という名のブラック・マネーを主題にした『彩り河』、国有地払い下げにからむ政治の腐敗の構造を活写した『花氷』、広告業界の非人間的メカニズムを描いた『空白の意匠』、考古学界の傲慢と高圧や俗物性を鋭く衝いた『石の骨』、奇妙な選挙資金の実態を暴いた『告訴せず』などなど、いくらか大袈裟にいえば、現代日本の抱えているさまざまな「黒い霧」を、清張さんはとうの昔に先どりして作品化しているのです。いま推理小説を書く人たちが「これは絶好のテーマだ」と思って調査にかかると、なんと、すでに何十年も前に清張さんが手がけている、「ああ、始末におえぬ爺さんだ」と大嘆きに嘆いていた、という笑うに笑えない話を、何度か聞かされました。おそらくそれは真実であろうと思います。

＊5　昭和三十五年五月、東京のある女性が『ゼロの焦点』を抱いて投身自殺をした。そのことをはじめとして、映画でも大当たりしたためもあって、能登金剛には一時投身自殺者が絶えなかった、といいます。富来町役場から頼まれて、自殺願望者を思いとどまらせるような碑を、清張さんはそこに建てることを承知しました。ある講演のなかでそのことを語っています。「うっかり碑を建てると、熱海じゃないが流行になっては困るというので、恥ずかしい短歌の如きものを作って、今、現在そこに歌碑がございます」

　さぞや大照れに照れていたのであろうことが想像されます。ともあれ、そこに歌碑が立っています。

雲たれてひとりたけれる荒波を

かなしと思へり能登の初旅

これで自殺者が減ったかどうか、つまびらかにしませんが、いまは観光バスが何台も乗り入れて、年に百万近い観光客が訪れるので、自殺などとてもとても、と石川県出身の友がいっていました。

＊6　社会派推理小説の記念すべき第一作『張込み』についても、ちょっとふれておく必要があると思います。これは昭和三十年十二月号の「小説新潮」に発表された短編です。映画化されて素晴らしい力作が作られ、いっそう忘れられない作品となったのはご存じのとおりです。さて、清張さんはこの作品について自作解説でこう書いています。

「それまで私は推理小説を書いていなかったが、一愛好者としては戦前派である。そのころ、自分の読みたいと思うような推理小説に出遭わなかったので、自分ならこういうものを読みたいというつもりで書いた。題材は銀座の雑貨商殺しの新聞記事だが、純然たる創作である。後に橋本忍氏が脚本を書いてくれて映画で評判になった」

言外に映画の出来のよさを喜んでいることが察せられる。それにしても、新聞記事一つでこれだけの作をものすとは、といまさらながらびっくりする。

＊7　もう一つ、清張作品の欠点（いや、むしろ美点か）をいうと、いまのグルメ横溢のときに、ほとんど食う場面がない。あればラーメンとかかけそばとか安いものばかり。清張さんがあまりグルメではないので、ま、当然といえばいえますが。それと、濡れ場が必要であるから仕方なしに書く、といった風で、あっさりしていること。古代史の森浩一教授が面白い話を座

談会でしていました。

「かなり酒が入っているときに、『清張さんの小説には、食い物と濡れ場があまり出てこないですね』と言ったら、えらく怒り出しましてね。『あなたは、それは私に経験が少ないということを言ってるんですか。そういうことなら、殺人の場面を書くたびに、私に誰かを殺せと言うわけですか』と」

わたくしも同様のことをいい、大そう怒られたことを思い出しました。

＊8　小倉の松本清張記念館長の藤井康栄さんに教えられたが、朝日新聞の九州支社にも耳の素晴らしくいい交換手がいて、『声』の発想はむしろそっちの方の由。左様でござったか、と直そうかと思ったが、文藝春秋の交換手さんのことも清張さんは褒めちぎっていたのは事実で、それにわたくし自身も同じ交換手さんのお世話に散々なっている。それで感謝をこめてそのままということにしました。

＊9　アイデアの話でいえば、これも雑談の折りに聞いた忘れられない話がある。清張さん曰く。
「いまどきの女性は着物を自分では着られない。それなのに、成人式のときなんかに綺麗な着物をまとうのがお好きらしい。で、自分で着られないのも忘れて、闇雲にラブ・ホテルなんかに直行してしまう。さあ、あとが大変だ。帰ろうと思ってもどうにもならない。それで、和服の着付けのできる人が呼ばれて、それがいい稼ぎになるんだそうだね」

「小学校の同級生に、ホテルでの着付けをなりわいとしている女性がいまして、彼女も同じような〝いまどきの若い女性〟の話をしていましたな。大体がどこのホテルも、大ホテルも含めて、そういう人を常時雇っておくらしいですよ。じゃないと大騒動になる」と私。

「やっぱり嘘じゃないんだね。私の場合は、ある料理屋で聞いた話なんだけどね」

それが短編「式場の微笑」になったのは、それから間もなく。なお、こうしたアイデアについて清張さんは、『作家の手帖』で存分に明かしてくれていることを付記しておきます。

三　古代史家としての清張さん

過去が現代と切り合う

清張さんは芥川賞を受賞して作家の道を歩きだしてからしばらくは、作品に歴史小説が多かったので「歴史小説家」のレッテルをはられていました。最初の単行本が昭和二十八年『戦国権謀』。『推理小説の周辺』(『黒い手帖』昭和三十六年、中央公論社)というエッセイでこう書いています。

鷗外流に史実を克明に淡々と漢語まじりに書くのが「風格のある」歴史小説ではない。史実の下層に埋没している人間を発掘することが、歴史小説家の仕事であろう。史実は結局は当時の人間心理の交渉が遺した形にすぎない。だから逆に言うと、歴史小説は、史実という形の上層から下層に掘られねばならないことになると思う。歴史小説と史実とが離れられないゆえんである。

史実を背景にすれば、何でも歴史小説というわけではない。その時代の制度や道徳や身分や経済などに縛られ、支配されていた人間の姿を描く、それこそが歴史小説というものだ、というまことに清張さんらしい主張です。「人間を描くことによって、その史実なり歴史が追求され、批判されなければならない」とも言っています。清張さんに言わせれば、歴史を現代に照応させ、史実の下層まで掘り下げなければ、意味がないことになるわけです。

ですから、森鷗外の歴史小説はこれこそ本流のようにいわれているが、結局は歴史小説そのものを面白くなくさせ、不毛に導いたことになる。また、菊池寛や芥川龍之介のそれは、史実にやたらに近代的解釈を押し込んでいるために、作中人物の心理描写にはかなり疑問を抱かざるをえない、と清張さんはこれまでの歴史小説にたいしてかなり批判的です。

何だか、過去に書かれた歴史小説はぜんぶ駄目、といわれているような、まことに座り心地の悪いことになりますが、その主張がまんざら理解できないわけではない。過去が現代と結びあう接点で、清張さんの時代小説・歴史小説は構想されています。歴史的事実がいつか現代と切り結んでいるのを感じさせられることになります。つまり、いまわれわれが抱えている問題がそこに描かれている。

たとえば長編『かげろう絵図』。水野忠邦の天保の改革がはじまったころ、島田新之助がいっぱいやりながら語る言葉がある。

（……）水野越前の勢力も、いつまで続くかな。自分では大奥を退治したつもりだが、この怪物も黙ってはいまい。（……）水野越前が自分の力で勝ったと思うと大間違い、いまに押えつけた仕組みに追い落される。ほら、このごろ、新しい政令が雨のように出るだろう。あの改革改革と性急なのが落し穴にならなければいいがね（……）

そして水野忠邦は先を急ぎすぎて二年後には没落する。この小説の終わりに近いところに、作者の感想らしきものがある。

栄枯は常に、人事の上に繰り返される『かげろうの図』の如きものであろうか。

どこかの国の、性急な改革改革の政治情況を暗示、いや予測しているのでしょうか。歴史小説の形をとりながら、明らかに「現代社会と人間」という大きなテーマを、この作品は打ち出しているといえますね。

『西海道談綺』の波瀾万丈

司馬さんの作品はいわゆる本格的な歴史小説でほぼ一貫されていますが、清張さんはそれとはいささか違います。もともとが探究心の旺盛な作家ですから、この分野でも大きく手をひろげています。『火の縄』『私説・日本合戦譚』『信玄戦旗』など若干の本格ものもあれば、『かげろう絵図』『天保図録』『西海道談綺』にみられる伝奇時代小説的なものもある。さらには『彩色江戸切絵図』などの〝捕物帳〟にも筆は及んでいます。そのほか短編は数かぎりなしで、『無宿人別帳』

のシリーズが代表でしょうか。そして総じての特徴となれば、歴史小説の世界にもミステリー的要素を巧みに取り込んでいる、そこにあるんじゃないかと思います。

なかでも、個人的に印象深いのは『西海道談綺』です。一緒に北九州一円に取材旅行した思い出のあることは申しあげました。

旅に出ると、清張さんは細かく気のつく優しい人になることにもふれました。世話をしているつもりで、世話をされていることが多く、何とも申し訳ない思いをさせられます。この北九州旅行のさいは、福岡空港に降りたら、「トイレに行ってきなさい」と清張さんは言う。「別にその要はないんですが」と言うと、「いや、どのくらいの山の中をどのくらいの時間をかけて走らなければならないか、わかっているのは私だけなんだから、とにかく用を済ませておき給え」とこうなんです。

小倉生まれゆえに北九州の地理をよく知っている、というだけではない。敗戦直後の飢餓とインフレのさなか、新聞社員の給料だけでは、八人家族の生活は苦しく、アルバイトとして、箒《ほうき》の仲買いをはじめたことは、その自叙伝『半生の記』に書かれています。

箒の仲買いは恰好なアルバイトになった。利幅はうすかったが、数がまとまっているので飢餓を突破するだけの収入にはなった。(……) 小倉市内だけでなく、門司や八幡の小売店を訪ねた。どこも品不足だったから、注文は苦労せずに取れた。

このわら箒売り時代に、北九州のここかしこ、隈《くま》なく歩いたものだから、と清張さんは言う。だから万事任せておき給え。考えてみますと、これ以上に贅沢な旅はないといえます。巨匠が案内人かつ説明役なんで、ただあとをついてゆくだけなんですから。

そんな次第で、金山や修験者にまつわる歴史的にも興味深い話をふんだんに盛り込んだこの小説には、特別の愛着があります。が、そんな個人的な思い入れなくしても、この長編は波瀾万丈、雄大なスケールをもった珍しい伝奇小説です。そのへんは昔の『富士に立つ影』（白井喬二）や『鳴門秘帖』（吉川英治）に比肩します。いや、それ以上か。昔の小説にはない清張さんの卓越した推理力と、確かな史眼があるから、面白さは滅法無類ともいえます。しかも愉快なのは、篇中で辞典や論文を引用して修験道についての説明を清張さんはしておりますが、それらは全部作り事というじゃありませんか。

「エッ？　大口真神大明神も犬神宗族も全部ウソ！」

「そうさね、作り事にもたっぷりと教養性をもたせなくては、いい作品とはいえない。作者としてはいちばん力の入るところでね」

と、ほんとうに嬉しそうに清張さんは笑います。だまされたと思って一度お読み下さい。

古代史をテーマに

こうして、もともと歴史に強い関心をもっていて、それで作家になって時代小説・歴史小説をつぎつぎ発表することになり、そして、そうした歴史的関心に日本の古代史が浮かんでくるのは、ごく自然な流れかと思います。そこが司馬さんとはまったく違う点といってもいいでしょう。司馬さんは、鎌倉時代以前はいまの日本人とつながるものはない、と完全に書くことを拒否しました。[*1]書いた歴史小説は『義経』がいちばん古い時代ということになります。

しかし、清張さんはそうした一つの歴史観とは無縁で、積極的に古代史に取り組もうとしました。生まれ育ったところが九州、古代遺跡の宝庫であるためかも知れません。[*2]若いころから考古学や民族学の本を読んでいたことは、その膨大な蔵書の中からも窺《うかが》えます。それで、初期のころの短編には、考古学者の登場する作品がいくつかあるようです。『断碑』『石の骨』、それに『笛壺』など。評論家の平野謙の言葉を引いてみますと、「(……)学問・芸術の世界に主人公を設定しながら、つねに敗れさらねばならなかったその人間関係をしゅうねく追及した『菊枕』『断碑』『笛壺』『石の骨』『装飾評伝』『真贋《しんがん》の森』の作品群(……)たとえ作者の尨大《ぼうだい》な長編推理小説がほろび去っても、これらの作品群は文学史上に残るだろう」(『松本清張短篇総集』「解説」昭和四十六年、講談社)。これほどに絶賛される短編なのです。

学歴がなかったために学界に容れられず、不遇のうちに世を去ってゆかねばならなかった主人公たち、しかし、その蒔《ま》いた種は、後継者たちによってやがて大きく花開く、というテーマは清張さんの得意技とするもので、どれも胸にじーんと応える傑作です。

『断碑』の主人公の木村卓治のモデルは、森本六爾《もりもとろくじ》といわれています。小学校の代用教員をしながら考古学に打ち込み、考古学の鬼才といわれた人。清張さんは正直に言っています。「森本六爾は、当時のアカデミックな考古学への反逆に一生をかけた人である。当時、考古学界から冷遇され、嘲笑されていた森本学説も、今日では新しい学徒に大きな支持を得ている。私が森本夫婦のことをテーマにしたのは、彼の学問への直観力と、官学に対する執ような反抗である。私の作品に多い主人公の原型は、この森本六爾を書いたときにはじまる」

人間個々の誠意や探求や懸命な努力が、巨大な社会の仕組みや、権力の恣意の前に無力そのもので、疎外され、蟻《あり》のように踏み潰されてゆく、清張文学の主要な主題がここにはじまる、というわけです。

さらに後年になると、古代史の謎に真っ正面から取り組んだ長編を、清張さんは書きはじめるようになる。

わたくしはある時、清張さんに「日本古代史には一家言をもっております」などとホラを吹いたばかりに、以後は頭の痛くなる話の連続となる。清張さんからひっきりなしに電話がかかってくる。『日本書紀』「斉明紀」にある両槻宮《ふたつきのみや》の建造が途中で中止されたのはなぜか、斉明天皇は異宗教を信仰していたのではないか、飛鳥《あすか》の石造物はゾロアスター教(拝火教)のためのものではないか、などとても答えられない質問の長電話に悩まされました。

『火の路』『眩人《げんじん》』などの小説では、学問的論説が延々と述べられたりしています。そのことが古代史にたいする研究と推理の成果なのですが、少々ムキになりすぎているところがあり、物語とすっきり同化していない傾向が若干あるようなのです。

ま、それはわきに置きまして、ペルシャ文化が古代日本に大きな影を落としている、という清張さん独自の考察は、学問としてもかなりいい線をいっていると思えるのですが、どうなのでしょうか。ただし、残念なことに、古代史を対象にした長編は、小説としてはそんなに成功していないな、というのが正直な感想です。

それよりも、何かのときに清張さんが語るともなく口にした話のほうが、感銘深く聞けたことを思い出します。

「飛鳥には握り飯を腰にぶらさげて、箒をかついでよく行ったね。寺の大きな庭石に腰掛けて握り飯を食べていると、寺の大黒さんがお茶を出してくれるようになってね。あんまりよく来るので、よほど飛鳥が好きな奴なんだな、と思われたようなんでね[*3]」

ゴルバチョフと桓武天皇

物語のなかでの展開ではなく、古代史に関する研究を最初に江湖《こうこ》に問うたのは、昭和四十一年「中央公論」に連載をはじめた『古代史疑』で、清張さんはときに五十七歳。いらい意欲的に、情熱的に論説が発表される。一言でいうと、日本の古代史学界の常識にとらわれざる独自の研究ということになるのでしょう。といって、天衣無縫の勝手な立論というものではないのです。きちんとそれまでの研究史を押さえたものであり、論争も丹念に跡づけられています。清張さんの生真面目な勉強の成果が窺えるものなんです。

しかも、その研究たるや、アジアから世界に及びます。解釈が世界的規模になる。「きみ、八岐《やまたの》大蛇《おろち》の説話は、中国の古典『楚辞《そじ》』にある九首の蛇の話に、その発想の原点があると思うね」とか、「因幡《いなば》の白兎の話は、どうやら扶余《ふよ》国ができるときの、朱蒙《しゅもう》の伝説を取り入れたものらしい。知っていたかね」とか、顔を合わすなり突然に質問されてドギマギしたことがしばしばです。

ただし、念のためにいいますが、あてずっぽうで推論しているわけではありません。史料の読み込みは深いし、解釈はきわめて確かなんです。「魏志倭人伝《ぎしわじんでん》」に、一大率《いちだいそつ》の話がでてきます。伊《い》都《と》国に置かれていた役所です。従来の学説では、邪馬台《やまたい》国の卑弥呼《ひみこ》が派遣したもの、ということになっている。清張さんは、文庫のこの本を差し出して「読め」と言うんです。短いからすぐに読み終わる。待ってました、というように言いましたね。

「一大率を邪馬台国が設置した、ということを示す主語はないじゃないか。きみ、どこにその主語があるんだっ」

そこから、一大率は卑弥呼が派遣したものではなく、帯方《たいほう》郡から派遣された女王国にたいする監察官、つまり間接的には魏から来た倭国における出先官憲とするのが正しい、という結論が生まれてくる。

「そうじゃないか、きみ。そうとしか読めないじゃないか」

わたくしが賛成すると、清張さんは至極嬉しそうでした。

なかんずくその独自性が発揮されるのは、引例が楽しくなるくらいに現代性をもっていることではないか、と思われます。『長岡京廃都の謎』(「図書」昭和六十年二月、岩波書店)では、突然、ソ連大統領ゴルバチョフがでてきます。ソ連政変のさいに、彼は長々とクリミアの山荘にいた。あれは保守派にクーデターを起こさせるための深謀遠慮で、桓武《かんむ》天皇がわざわざ長岡京に都を移したのもそれで、実弟の早良《さわら》親王を追い落とすための策略である。実子の安殿《あて》親王に皇位を継がせたいためのアリバイ作りである、なんて考察を読ませられて、「清張さん、やっとる、やっとる」と思わずククククとなった記憶があります。

ゴルバチョフと桓武天皇、この発想は清張さん的な斬新なものですが、はたして頭の固い人の多い学界には受け入れられないのじゃないか、そんな心配も一緒にしたものでした。

ある親切な学者先生に聞いた話があります。史学界では、「古事記」や「日本書紀」などの編纂された文献(第二次史料)を読んでいるだけでは、学者として認めない。考古学界では遺跡をめぐったり報告書に目を通しているだけでは、一人前の研究者とされない気風があるそうなんです。じゃあ、資格として何が必要なのか。史学では古文書・古記録など生の史料(第一次史料)を読み、考古学では発掘調査で成果をあげなければあかん、そんな窮屈な、偏狭な、縄張りがあるんだというのです。清張さんは残念ながらその条件を満たしていない。で、学界では清張さんの本などは無視することになっているそうな。なんとも情けない、尻の穴の小さな連中の集まり、セクショナリズムは困ったものと思いますが、権威というものはおよそそのようなものと、昔から相場が決まっています。排他的なんですね。

清張さんはときに不満というか怒りの言葉を口にすることがありました。が、めげないのが清張さんの本領で、そんならこっちが無視するまでと、ますます熱中することになるのです。

邪馬台国論をめぐって

日本にはひとしきり古代史ブームといってもいい時代がありました。一つには、戦後日本の、天皇制タブーの呪縛から解き放たれたといういい時代のお蔭もありましょうが、わたくしには清張さんの影響も大きかったと思えるのです。清張さんが精力的に古代史に挑戦しなかったならば、これほどまでに一般的になったかどうか。老軀（?）を押してシンポジウムに出席したりして、碩学《せきがく》を相手に知的な格闘をする。そして独自の見解の重要性をわかりやすく多くの人に知らしめた、そのことの意味は大きかったと思うのです。

とくに邪馬台国論争、ということになりますか。「魏志倭人伝」の精細な読みからくる清張さんの、つぎからつぎへ出される新説には、これはもう瞠目《どうもく》させられるばかりでした[*4]。当時は学界からは猛烈な反対論、というよりも完全無視、あるいは嘲笑さえ聞こえてきたものです。が、いまはどうでしょうか。相当の学者のなかに清張説の真価を認めている方が多いというのが事実なんです。江上波夫《えがみなみお》さんは言います。「彼を歴史学者と言わなかったら、他の日本の歴史の先生方はみんな学者じゃなくなってしまう」。泉下の清張さんに聞かせたら、さぞや無邪気な笑いで顔をいっぱいにすることだろうな、と思います。

さて、卑弥呼です。清張さんはこう言います。

「卑弥呼は、倭国に数年間の争乱がつづいた時、北九州連合によって宗教的な意味で共立された一種のロボットであった。軍事力からではなく、宗教的存在だった卑弥呼に実力があろうはずがない。中国人の眼には女子の王共立が珍しく映ったので、『倭人伝』には女王という中国式の表現が用いられているが、実際の立場は弱いものだったに違いない。

卑弥呼は、女王国の宗主権はもっていたが、政治的にも軍事的にも実力はなく、帯方郡（つまり魏）の管轄下にあったと考えられる。

この状態は、アメリカ占領下の日本や、施政権返還前の沖縄と相似た関係を連想させる」

このユニークな見方、堅苦しいアカデミズムのなかの住人には、とうてい発想できないものなのは、改めていうまでもない。

さらに問題の邪馬台国の位置。「倭人伝」の里数と日数の問題がある。帯方郡→狗邪韓《くやかん》国七千里。対馬《つしま》国→一支《いき》国→末盧《まつろ》国三千里。末盧国→不弥《ふみ》国七百里。すなわち里数でいうと七・三・七の数字がでる。つぎは日数。不弥国→投馬《とうま》国（水行）二十日。投馬国→邪馬台国（水行）十日。計三十日。投馬国→邪馬台国（陸行）一月＝三十日。ここにも三の数字が出る。

そこから清張さんは「水行二十日、水行十日、陸行一月と、陳寿《ちんじゅ》が書いているのは、巧妙なトリックで、いままで学者は見抜けなかった。すなわち、陰陽五行説からでた七・五・三の好数字を各国間の距離数に振りあてたのである。陳寿が机の上で創作した玉を基調とする虚妄の数字なのだ」と、きっぱりと言うのです。

さらに、目を白黒させているこっちを説得すべく、戸数の記述にもこれはあてはまると言う。

「対馬国→奴《な》国までの戸数の合計が三万戸。投馬国五万戸。邪馬台国七万戸というわけで、里数や日数の分割案配と方法を同じくしているわけだな」

もう一つ、帯方郡から女王国に至る「万二千余里」は、これまた『漢書』によると、都督府《ととくふ》を置かない、いわゆる蛮夷朝貢国の王のいるところまでの距離は、ほとんど「一万二千里」になっている。安息《あんそく》国は長安を去る「万二千里」、大月氏《だいげつし》国は「一万一千六百里」で、康居《こうい》国も「一万一千六百里」、大宛《だいえん》国は「万二千五百五十里」となっている。つまり属領はいずれも長安から「万二千里」前後。もとより実数にあらず、五行思想に発した地理的観念にもとづいている、と説いて清張さんはいうのです。

「もうそろそろ、日本人は、邪馬台国論も距離・日数論から解放されなければね」

歴史家の直木孝次郎氏は、歴史学者として必要な素質をあげて、推理能力、批判精神と、その二つを結びつける構想力をあげ、清張さんをその条件を満たす人としていました。まったくの話、丹念に史料を読み分析し、史実を再現していく歴史学の仕事は、推理小説の刑事によく似ている。その上に、社会的批判をも示すとなると、清張さん以上に素晴らしい歴史家はいない、と思えるのです。[*5]

＊1　司馬さんが「私は、日本人の歴史は鎌倉末期から室町に始まる、と信仰に近いくらい思っている」（対談『日本人の内と外』）と明言されることの背景に、つぎの内藤湖南の説があるのではないか。ちょっとそんな気がしています。ただし、ご本人に直接に確認したわけではないのです。

「今日の日本を知るために日本の歴史を研究するには、古代の歴史を研究する必要は殆どありませぬ、応仁の乱以後の歴史を知っておったらそれでたくさんです。それ以前の事は外国の歴史と同じくらゐにしか感ぜられませぬが、応仁の乱以後はわれわれの真の身体骨肉に直接触れた歴史であって、これをほんとうに知っておれば、それで日本歴史は十分だと言っていいのであります」（「応仁の乱について」＝『日本文化史研究』講談社学術文庫）

碩学にこうまで言い切られると、へェーと畏まるばかりなんですが、清張さん流にいえば「碩学の説より自分の見解よ」というところなのかも知れません。応仁の乱以前の日本人にも大いに魅力があって、関心をもたざるをえない人もいっぱいいいるんだがなあ、というところであります。

＊2　清張さんが古代史に関心をどうしてもったのか、ご自分でその秘密を解きあかしてくれているような文章があります。「思考と提出」と題するエッセイです。

「わたしの書く『歴史』ものでは、古代史と現代史関係が多く、その中間が抜けている。人からよく訊かれることだが、これは『よく分らない』点に惹かれているからだろう。古代史には史料が少ないために、現代史は資料が多すぎるがその価値が定まっていないために、どちらも空白の部分がある。『歴史』はやはり推理の愉しさがなくてはならない。少ない史料と史料の間をつなぐ思索の愉しさはいうにいわれない。また真偽とりまぜた過多な資料を考えながらよりわける作業、それによって生じる真空の部分を埋める愉しさ、それは古代史にも共通する」

推理する愉しさ、そこが司馬さんとの決定的な違いかも知れません。司馬さんに推理小説のないことが、そのことの証明にもなることでしょう。それにしても、清張さんのいう「中間が抜けている」という点は（全然ない、というわけではありませんが）、大いに残念に思われるところです。清張さんの書く幕末・維新ものなんかはぜひにも読みたいものでありました。山県《やまがた》有朋《ありとも》については『象徴の設計』で書いてはいますけれど、大久保利通とか佐賀の乱の江藤新平なんか清張さん好みの人物のように思われるのですが。私たち編集者は執拗に勧めるべきでした。

＊3　このことについては「紙と塵」というエッセイで若干ふれられています。新聞社時代に校正係主任をしていた人にAさんという気の弱い人がいて、自分ひとりの楽しみとして、大そう考古学に関心を寄せていたらしい。このAさんから清張さんは影響をうけ、しばしば古代史について話し合ったというのです。

「この人の影響から、私は社のいやな空気を逃れるために北九州の遺跡をよく歩き回った。小遣をためて京都、奈良を歩いたのもその頃である。北九州には横穴の古墳が多い。一晩泊るのは費用がかかるので大てい日帰りだったが、それでも憂鬱な気分が一日で忘れられて、どれだけ救いになったか分らない」

会社勤めの圧迫と憂鬱に押しつぶされないために、清張さんには古代史への探索があった。普通なら、酒や女に逃れるのでしょう。が、その学問好きがマイナスを見事にプラスに転化できたということなのでしょう。

＊4　新説には、たとえば「男子は大小と無く皆黥面文身《げいめんぶんしん》す」と『魏志』にあります。従来の説では、「大小」を大人も子供も顔や身体にイレズミをする、ということでした。清張さんは大笑いするのです。どんな未開社会だって子供にイレズミするところがあるものか。黥面文身は成人になったしるしに決まっている。ここは「大人も下戸も」と解釈すべきなのである。上層の人も下層の人もイレズミをしている。ただし、その文様には尊卑貴賤の区別はあったであろうが、というわけです。

卑弥呼についても、これは固有名詞ではないのではないか。ヒミコではなく、ヒムカと呼ぶ、すなわち出身地あるいは居住地なのではないか。ヒムカは記紀の日向につながる、とみたほうが正しいのではないか。

ま、正否をいまは問いません。ただ大いに刺激される新説でいっぱい、とだけ申しておきます。

＊5　清張さんの古代史を論じた著書には、ふれませんでしたが、前方後円墳や三角縁神獣鏡や装飾古墳などを主題にした『遊古疑考』と、古事記や日本書紀の神話を中心に考察した『古代探究』があります。現存の五つの風土記にスポットをあてた『私説古風土記』などもあるし、『清張通史』全五巻もあります。

なかで、わたくしが面白いと思うのは『古代探究』です。ここでは清張さんは思いっきり推理の眼を働かした論を展開しているからです。日本の国家形成は朝鮮半島からの渡来人による。

天照大神の原型は穀霊神にあらず。記紀神話は天孫系神話と出雲系神話の二重構造によって構成されている。などなど、とにかくアッと驚かせられる考察にみちみちています。そして、清張さんらしいのは、探究が日本だけにとどまっていないことです。記紀神話にみえる祭儀は天を祭るものであり、祭天の儀式は朝鮮はもちろん、東アジアに共通している、と言い切っています。

ここなんですね。清張古代史の素晴らしいところは。つまり眼がグローバルなのです。日本の古代史家の何となくせせこましいのは、うしろに大きく拡がる世界史への展望がないことである、とつねづね思っているわたくしには、清張さんの史観の卓抜さと、視点の大きさがたまらない魅力なのです。もっとも、象牙の塔にたてこもっているのは、あに古代史家のみならんや、近代史家・現代史家また然り、でもありますが。

四　時代小説から歴史小説へ

司馬さん独自のスタイル

第一章でお話ししましたように、わたくしは昭和三十五年（一九六〇）、司馬さんが『梟の城』で直木賞を受賞したとき、「週刊文春」の記者として、初めてお会いしました。でも、そのときは、司馬さんが大作家になるとは、失礼ながら、予想もしませんでした。時代小説、あるいはエンターテインメントの作家とみられていたからです。

司馬さんの小説を読むと、登場人物の魅力にぐんぐんひきこまれます。同時に、歴史的事実の面白さがつぎつぎとあらわれて、いつの間にか司馬さんの歴史観というものに完全に圧倒されてしまうことになる。読者は、まったくその通りだ、と膝を打つようなところがあります。作家としての力量はケタ外れていますが、それは単に司馬さんの文章力のなせる業《わざ》だけではありません。司馬さんの言葉を借りれば、歴史を俯瞰《ふかん》する、すなわち、歴史を大づかみにして眺めながら、かつその勘どころをピシャッと提起する。つまり歴史観が見事に完成している。こんな風にして歴史の面白さを読者に示しながら、颯爽《さっそう》たる登場人物の活躍を描いていくから、読者は手にとるように歴史のうねりを実感できるのです。

司馬さんがこのスタイルを独自のものとして確立したのは、『竜馬がゆく』ではなかったか。同時期に同じく幕末を舞台にして、『燃えよ剣』も執筆されていました。『燃えよ剣』は、新選組という小さな組織が相手ですから、土方歳三《ひじかたとしぞう》の立場から物語を進行させることが可能でした。が、竜馬となると、これはもう幕末維新という歴史の大転換期の現場に直接に介入した人物です。竜馬だけを追いかけていったのでは、この歴史的転換のときを描けない、と司馬さんは途中で気づいたのではないでしょうか。

実に面白いのは、あるいはほとんどの人が気づかないことかも知れませんが、単行本にして五巻からなるこの大作の第一巻では、竜馬のまわりに風変わりな元泥棒の寝待ちの藤兵衛がつきまとって、狂言まわしの役割をつとめています。そうですね、大佛次郎《おさらぎじろう》の『鞍馬天狗』の吉兵衛、野村胡堂『銭形平次』のガラッ八の八五郎、佐々木味津三『右門捕物帳』のおしゃべりの伝六、といったところです。最初に読んだときは、「やっぱり出てきた出てきた」と大いに嬉しがったものでした。ところが、この愛嬌のある泥棒くんはいなくなる。完全に消えてなくなってしまうんです。

わたくしは、司馬さんに若干の抗議もふくめて、「藤兵衛は唐か天竺《てんじく》にでも旅行中なんですか」と、わざわざ聞いてみたことがあるんです。司馬さんはにこにこしながら、「そこが小説というもんでな、便利なものよ。作者が迷惑と感じたら、舞台からいなくなってもらうまでなんですな」と言うんです。「それに、ちゃんと断っておいたはずだがね」とも言っておりました。

で、『竜馬がゆく』の第一巻の終わりのあたり（「風雲前夜」の章）を熟読玩味いたしましたら、司馬さんはこう書いているのです。

ひとつには、この男がついていると、どういうわけか事件が多い。竜馬に迷惑がかかりどおしなものだから（……）。

何のことはない、第一巻「立志篇」が終わり、第二巻の「風雲篇」に入っていくとなると、元泥棒くんが邪魔になってきたんです。泥棒の活躍は市井にあってこそ活きるが、政治やら戦いの場となると、あまり役立てようがない。「竜馬の迷惑」じゃなくて、「司馬さんの迷惑」だったのです。つまり、初めに狙っていた「時代小説」じゃおさまりがつかなくなって、「歴史小説」へと脱皮する必要に司馬さんは迫られた、そう考えざるをえない。[*1] ですから、藤兵衛がいなくなったあとも、しばらくエンターテインメント的な、読者へのサービスがつづきますが、だんだんに「歴史」を書くんだという意味での骨格がきちんとしはじめる。文章もかなり硬質になってくる。

だまされやすい読者

こうして、同時多発的な歴史の動きを俯瞰しながら、さまざまな人物や出来事をさながらそこへ放り込むように描きだす。その補助線として、司馬さんの小説の特徴である「ちなみに……」とか、「筆者は……」とか、「余談であるが……」といった形で、人物や歴史的背景について論じるといういままでの歴史・時代小説の常識をまったく打ち破ったスタイルがつくられていったのです。[*2]

なるほど、『竜馬がゆく』では、登場人物がまともにからんで、筋道をとおって、大団円に向かう小説的な要素を多分に残しています。でも、いくつかの補助線のお蔭で、竜馬の魅力はがぜん倍加いたしました。司馬さんは確かなものをここでつかんだに違いないのです。[*3] そしてこのレクチュアル（講義風）な司馬さん独特の小説作法が、もっとも効果をあげたのが、『坂の上の雲』であるように思っています。この大長編小説では、文明論というか、歴史についてのエッセイというか、一見本筋とは離れた講釈が随所に織り込まれています。ところが、そうすることによって、実は登場人物その人の個人的な時間と、雄大な歴史の時間がうまくリンクし、重なって、明治という時代の精神が描かれる素晴らしい作品になったわけなんですね。この作品については、あとで少しくわしくふれます。

さて、司馬さんは自分で、エッセイ『私の小説作法』のなかで、俯瞰ということについて語っています。

ビルから、下をながめている。平素、住みなれた町でもまるでちがった地理風景にみえ、そのなかを小さな車が、小さな人が通ってゆく。

そんな視点の物理的高さを、私はこのんでいる。つまり、一人の人間をみるとき、私は階段をのぼって行って屋上へ出、その上からあらためてのぞきこんでその人を見る。おなじ水平面上でその人を見るより、別なおもしろさがある。

もったいぶったいい方をしているようだが、要するに「完結した人生」をみることがおもしろいということだ。(……)

ある人間が死ぬ。時間がたつ。時間がたてばたつほど、高い視点からその人物と人生を鳥《ちょう》瞰《かん》することができる。いわゆる歴史小説を書くおもしろさはそこにある。

つまり、高い視野から鳥瞰することができる人物や人生、いいかえれば、過去の人物の生きようと、それを包みこんでいる時代というもの、一言でいえば、歴史風景といってもいいでしょう。その歴史風景のなかに人物を置いてみる。そうすると、そのひとりの人間の位置を歴史的にとらえることができる。これが歴史小説を書く面白さだと、司馬さんはいう。その上に、司馬さんは、おなじエッセイのなかで、こうも書いています。

歴史が緊張して、緊張のあげくはじけそうになっている時期が、私の小説には必要なのである。この場合、歴史の緊張とは、横あいから走ってきている「自動車」とみていい。そのばく進のなかに、私の見ている人間と、その人間の人生を置いて交差させてみる。そこになにかおこりうるか、おこったか、ということを考える楽しみが、私のいわば作業である。(……)

この楽しみがあって、やっと小説をかく気になる。

ですから、司馬さんの小説は、どれもこれも、時代の転換期あるいは新しい時代の胎動期における人間を書くものばかりです。つねに緊張感のある歴史風景のなかに主人公は置かれています。新旧二つの勢力の衝突から生まれる激動期こそが、司馬文学における基本的なテーマというわけです。このために、司馬さんは物凄い資料の読破、徹底的な現地取材などを疲れを知らないくらいにやる。そうやって出来上がった作品ですから、一面的な理解でわかったつもりになっていると、とんだ恥をかくことになる。多くの論者がひとしくあげている一例を申しましょう。『竜馬がゆく』の「船中八策」の章で、大政奉還に関して司馬さんはこんな風に書いている。

一案はある。

その案は、後藤が「頼む」といってきたとき、とっさにひらめいた案だが、はたして実現できるかどうか、という点で、竜馬はとつこうつと考えつづけてきている。

「大政奉還」

という手だった。

将軍に、政権を放してしまえ、と持ちかける手である。

驚天動地の奇手というべきであった。

どう考えたって、大政奉還の奇手妙手が竜馬の独創であるはずのないことは、歴史をちょっとかじれば、明瞭というほかはない。いくら何でも司馬さん、竜馬の天才に惚れ込みすぎだよ、と思わず口に出してしまう。そしてこの話を酒場なんかで滔々《とうとう》とやっていたら、大笑いされた。そりゃ、お前の早とちりだぞ、眼をかっぴらいてよく読んでみろ、といわれて、こん畜生、と思いつつ家に帰って文庫本を引っぱりだしたら、そのくだりの少し先に、司馬さんははっきり書いているんです。海援隊の長岡謙吉に「この案は坂本さんの独創ですか」と聞かれた竜馬が、「ちがうなあ」と答える。そして、

「どなたの創見《そうけん》です」

「かの字とおの字さ」

勝海舟と大久保一翁《いちおう》であった。どちらも幕臣であるという点がおもしろい。

勝、大久保という天才的な頭脳は、文久年間から、

(徳川幕府も長くはない)

と見とおしていた。(……)


まったく天才的な小説家です。こんな風ですから、司馬さんの小説を読んで「われ、間違いを

発見せり」なんて調子で、知ったかぶりをすると、あとで恥をかくことが多いのです。

司馬さんは、その美しい竜馬の人間像の造形のために、あまたの事実のなかから取捨選択を行う。が、事実をイデオロギーや理屈によって、ねじまげることはしなかった。イデオロギーはそれ自体を嫌悪していました。ただ、司馬さんはその美学によって、事実の取捨選択を上手にするのです。

河井継之助の場合

その美学という点から、河井継之助《かわいつぐのすけ》の話を少しいたします。

はっきりと言って、越後の小藩、長岡藩の一家老として幕末を生きた河井継之助という人物は、司馬さんの『峠』によってひろく世に送り出された、といってもいいかと思います。この小説では、河井は士農工商が崩壊することさえ明確に見通しているほど、開明的な、魅力ある人間に描かれている。その河井は戊辰《ぼしん》戦争に直面して、幕府側でもない、薩摩・長州側でもない、第三の道として長岡藩の独立の道をめざします。しかし、準備された構想はすべて薩長軍によってしりぞけられ、藩の屈辱的な生存か、それとも名誉ある破滅か、という二者択一の状況に河井は追い込まれます。

この極限状態で、河井継之助は、開明的な思想も、武士の時代は滅びようとしているとの先見性もすべてかなぐり捨てて、武士として戦うという道を選択するに至るのです。義のためにおのれを無としたサムライ精神の究極として河井継之助は描かれています。

しかし、長岡中学校を卒業したわたくしは、この河井継之助像には、ちょっと納得できないものを感じていました。中学時代に、維新のころの長岡人たちについて、よく仲間たちと語り合った。先年、小泉純一郎首相が所信表明でふれて有名になった「米百俵」の小林虎三郎、焼野原から長岡を復興させるのに渾身《こんしん》の力をふるった三島億二郎など、河井よりもっと大事な人がいる、という想いがあるためなんです。それに、どんな美学があろうとも、一国の運命を背負った人間は、国を滅ぼす道をえらんではならない、と河井好きのクラスメートとやりあったものでした。

もちろん、司馬さんは、河井継之助の果敢な行動によって、賊軍となった長岡藩の人々の嘗《な》めた辛酸《しんさん》を、とうの昔にご存じであったのです。『峠』の三年前に書かれた短編に『英雄児』という作品があります。そこで、同じ河井継之助を主人公にすでに書いているのです。しかも、この作品では、

「英雄というのは、時と置きどころを天が誤ると、天災のような害をすることがあるらしい」

という狂信的な英雄の負の部分に着目した言葉が結びとなっているのです。こちらの河井像にはまったく同感したのですが。[*4]

どうもこのへんが、一筋縄ではいかない司馬さんの大きさ、というものかも知れません。一概にこうと決めると、あとでひどい目にあうのは、さっき『竜馬がゆく』でふれたとおりです。

河井継之助の遺産についていては、いまなお賛否がわかれると思いますが（いや、『峠』のお蔭で、

賛成の方のほうが多いか）、とにかく河井という人は、長岡藩の独立というきわめて困難な理想に向かって、事態を転換させるべく、凄まじいエネルギーを発し、最後の沸騰点において、武士の義に殉じた。そんな武士として、司馬さんは『峠』では、やや歴史から自由になって、一人の人間の美を結晶させてみたのではないか、そんな風に思えてならないのです。

『坂の上の雲』の意味

司馬さんは歴史のなかで果たし得る個人の力を信じ、それを証明するために小説を書いていたのかも知れない。合理的な精神をもった先見性のある個人の力によって、歴史はその流れを変えることも可能なのだ、といっているように思えます。それをなしうる人間とは、決して悲憤慷慨《ひふんこうがい》し、時代に背を向ける人ではなく、歴史の流れに立ち向かい、渦中で堂々と死力をつくす人たちです。「歴史」を「会社の運命」という言葉に置き換えてみると、私たちは、そうした生きる姿勢の大事なことを身近に実感できます。司馬さんは歴史を書きながらいつも現代を書いていたといってもいいでしょう。

司馬さんは、『坂の上の雲』で明治という時代の精神を描きました。ほかの作品などとくらべると、主人公はひとりではなく、出てくる人物も、信長や道三、秀吉、あるいは竜馬、継之助や土方歳三たちにくらべると、人間的魅力においては幅が狭く浅く感じられる。けれども、この小説のなかでは、それらの人がひとりひとり集まって、精一杯に自分を完全燃焼させている。弱小な後進国であるおのれを知り、虎視眈々《こしたんたん》と侵略の機会をうかがう列強から、いかにして独立を確保維持するか、その一点にありとあらゆる知恵をしぼったわれらが父祖〝明治日本人〟の合理性と気概とを、それを失いつつある現代日本人に伝えようとしているのです。そしてその結果として、日露戦争の勝利という奇跡があったということを。

たとえば、わたくしのもっとも好む場面の一つ——奉天会戦のあと、満州派遣軍参謀長の児玉源太郎中将がひそかに日本に帰ってくる。東京駅に出迎えたのは参謀次長の長岡外史少将ひとり。

かれはデッキから降りてきた児玉に敬礼した。

児玉は答礼もせず、長岡の顔をみるなり、

「長岡ァ」

と、どなった。（……）馬鹿かァ、お前は、と児玉はいった。

「火をつけた以上は消さにゃならんぞ。消すことがかんじんというのに、ぼやぼや火を見ちょるちゅうのは馬鹿の証拠じゃないか」

（第六部「退却」の章）

この「馬鹿かァ」という怒声には真剣そのものであるゆえに爽快感もあります。長岡も浴びながらさぞやいい気持であったに違いありません。ですから、長岡は終生忘れずに、児玉の話がでるたびにそのときのことを語ったといいます。書いている司馬さんもいい気持であったでしょうし、読んでいる私たちも爽やかな気持になれるんですね。終結のありようを考えずに、無謀にも戦争への道を走った昭和のリーダーたちのことを考えると、この東京駅頭の光景は至宝のように輝いてみえます。

しかし、そのいっぽうで、明治という時代には、それほど手放しに絶賛できない一面があったのです。明治国家は、結局のところ、帝国主義国家になったのではないか。そんな疑問がたしかにあるんです。そうした曰く言いがたい面にふれねばならないとき、司馬さんの「余談ながら……」が絶妙な効能を発揮するわけです。

日露戦争というのは、世界史的な帝国主義時代の一現象であることにはまちがいない。が、その現象のなかで、日本側の立場は、追いつめられた者が、生きる力のぎりぎりのものをふりしぼろうとした防衛線であったこともまぎれもない。

（第二部「開戦へ」の章）

小説の筋道の外にあって、司馬さんの論はかくも明快なのです。防衛戦争であったことは、そのとおりであろう、と納得させられる。しかし、ときには「余談」に異議ありと叫びたくなることもある。秤《はかり》にもかけられない忠誠心や精神力を絶大のこととして、日本人が大きな計算要素にしたのは日露戦争の産物なのであるが、これ如何に？　論功行賞で軍人たちが軒並み爵位をもらったのは奇っ怪至極と思うが……、などなど疑義はいくつもある。[*5] 実際に、司馬さんとやりあったこともある。活字に残っています。

半藤　「一発必中の砲一門は百発一中の砲百門に勝る」と最初にいったのは東郷平八郎大将でした。どうも日露戦争の終った直後から、日本軍の指導層は自分の弱点を徹底的にごまかしたという気がしてなりません。

司馬　その〝一発必中〟の論理のように、まず自分自身をごまかしたのではないでしょうか。国民や外国に対しては、機密、機密というレッテルで、隠蔽《いんぺい》していました。（……）

国家でも人間個々でも、真のつよさというのは、平気で自分の弱みというカードを見せるという精神からくるものでしょう。フランクというのは最大の魅力で、そういう精神があれば国も人も自滅することはありませんけど。（……）

おっしゃるように、日露戦争に勝ってから日本は変になった、と私はかねがね思っています。むろん負けていたら大変で、ロシア→ソ連→ロシアの植民地になっていたでしょうけど。しかし、勝ってから虚勢を示す国家になった。この虚勢が、一九四五年の国家滅亡の遠因でした。（……）

（「ノーサイド」平成五年一月号）

しかし、いまは「ちなみに」とか「余談」を相手に、司馬さんとの対話、いや自問自答することを楽しみにするほかはない。もはや司馬さんは応えてくれないのですから。

＊1　時代小説と歴史小説とはどう違うのか、という大きなテーマを短く、かつ明快に言うのははなはだ困難です。とくに司馬さんの時代小説家から歴史小説家への心の動きをわかりやすく説明せよ、なんていわれても、わたくしごときには任重く、金輪際不可能と申すほかはありません。ですから、以下は勝手な推量ということになるわけなのです。ご容赦下さい。

司馬さんは『歴史を紀行する』の〝あとがき〟にこう書いています。

「風土などは、あてにならない。

ある人物を理解しようとするばあい、かれの出身地について定説になっている風土的概念から帰納するほどこっけいなことはない。たとえば、かれは鹿児島県人である、だから西郷隆盛のごとく豪放磊落《らいらく》である、などという。通俗的概念というべんりな大網をうって人間をひとからげにしてなんとなくなっとくしたような気分になる。第一、西郷隆盛が豪放磊落であるかといえばけっしてそうではないであろう。

あるいはたとえば大阪人はがめつい、だからかれはがめつく商売がうまい、という。だからというようには論理はつながらない。それに事実認識もまちがっている。大阪人がはたしてがめついか、それほど商売上手か、それを巨細にみてゆけばこの通念はじつにあやしいものである。風土論的発想というのは、そのようにたよりない」

何のために長々と引用したかといいますと、この風土的概念に安住しやすいのが、従来の時代小説一般と、司馬さんは考えていたのではないか、と勝手読みするからなのです。とにもかくにも、これまでの人物に関しても、事件についても、すでに出来上がっている「通念」のいっさいを排する。そこから離れる。跳躍する。そのあとに何をもってくるか、史料や史実の根本的な洗い直しによる新しい見方、というわけです。

要するに徹底的に史料と史実を集め、それを自分の眼で渉猟する。また、直接に現地に赴いて、丁寧に検分する。こうしたきびしい作業をへることによって、通説の正否を自分の眼で腑分けし、確かめる。司馬さんはそうして自分の小説作法をも革新し、古い観念から脱皮していったのだと思うのですが、どうでしょうか。

なるほど、そんな斬新な歴史の見方（あるいは人物の解釈）があったのか。そう読者に思わせなければ、三文小説でしかない。昔ながらの時代小説でしかない。「風土などは、あてにならない」の宣言の意味はそこにあるのではないですか。『竜馬がゆく』の竜馬は、このようにして「風雲篇」からは、従来の坂本龍馬とは異なる颯爽とした、天衣無縫の坂本竜馬として行動するようになっていった、とわたくしは見ているわけです。

＊2　「余談」や「脱線」はもとより、本篇における司馬さんの歴史や人物の分析の見事さも、余人の追従を許さないものがあるのは、いまさら書くまでもないでしょう。わたくしも『幕末辰五郎伝』（ちくま文庫）という小説（?）を書いて、徳川慶喜についていくらか調べたりしました。最後の将軍として、どうしてどうしてすぐれた政治的才能をもったこの人が、土壇場で

へなへなと腰砕けになるわけがなかなかうまく説明できなくて、困りぬいたものでした。ほかの作家の幕末ものを読んでも、なるほどネ、と一気に蒙が啓くことはありませんでした。ところが、司馬さんの『最後の将軍』に目を通したら、いっぺんに理解できた気になったのです。司馬さんは言います。

「足利尊氏を逆賊に仕立てることによって独自の史観を確立した水戸学の宗家の出身であり、かれが受けた歴史知識はそれ以外にない。かれは自分が足利尊氏になることをだれよりもおそれ、その点でつねに過剰な意識をもっていた」

歴史をつねに意識する慶喜は、それゆえに降伏の道を選んだ。徳川光圀《みつくに》の『大日本史』を唯一の歴史知識とする慶喜は、ほかの誰よりも、薩長土のどんな志士たちよりも、尊皇の志士であった。へへェー、となるばかりでした。

＊3　司馬さんの「余談ながら」などなどのレクチュアには、ただただ脱帽するばかり、というのが偽りのない気持です。普通なら、余計なものが挿入されると、大団円に向かっていく主題への歩みが阻害されて、話があちらこちらして見えなくなってくる。それに持続してストーリーを追っていく上の緊張感も失われるもの。読みつづけるのが億劫になっていくはずです。「おいおい、いい加減にしてくれよ」という気分にならないでもない。ところが、司馬文学はそれが目玉とは！

おそらく、他の作家がこれをやると、大しくじりを犯すことになるでしょう。それはもう司馬さんの文章力のすごさ、に尽きるようです。別にキザな文章でもなく、難解なわけでもない。あえて言えば名文とも申しかねる。しかし、司馬さんの文体が「余談ながら」にもっとも適したやわらかさ、説得力をもっていることは確かなんですね。

＊4　この国の運命をも左右するほどの絶大な権力をもった「英雄児」が、「天災のような害」をすることがある、という二律背反の点については、司馬さんの弁護（?）は、あまり明快とはいえなく、話を聞きながら、ちょっと苦しいんじゃないかな、と思ったことがしばしばありました。司馬さんご自身もかなり気になっていたんじゃないか。直接に英雄児にふれたものではありませんが、こんなことを書いているのを読んで、いっそうその感を深くしました。

「……そのことは小さな職場や部族内でのことであったり、あるいは国家規模においてその化けものが狂いまわって何万の人間が死ぬこともある。

その権力現象を巨細に眺めてみると、そこに登場する人物から志を抽出することができるであろう。志とは単に権力志向へのエネルギーに形而上的体裁をあたえたにすぎない場合もあるが、それはそれなりに面白く、さらにはいかなる志であっても志は男が自己表現をするための主題であり、ときには物狂にさせるねたであるらしい。

そういう人間の一現象を見ることに私は尽きざる関心があるらしく、さらには欲深げな表現でいえば、それを書くことが私自身が生きていることの証拠のようなものにさえなっている」（「国文学・解釈と教材の研究」一九七三年六月号）

と、司馬さんはおっしゃいますが、男の自己表現としての志にもずいぶんと迷惑なのがある。河井継之助に引き込んで考えれば、相も変わらずそう反駁しないわけには、やっぱりいきません。越後長岡藩に若干の縁をもつものとしては、河井継之助を一概に肯定するわけにもいかないのです。

＊5　日露戦争後の日本は、勝利に驕って謙虚さを失った〝悪い国家〟になったのではないか。わたくしがことさらに司馬さんに突っかかったのは、そのことなのです。「『坂の上の雲』はもう一冊、続編を書かなければ完結したとはいえないんではないですか」などと、司馬さんに不快感を与えるようなこともいったことを記憶しています。というのも、実は、司馬さんご自身が「『坂の上の雲』を書き終えて」の中で日本が悪くなったことを承知して書いているからなのです。

「……戦争は勝利においてむしろ悲惨である面が多い。日本人が世界史上もっとも滑稽な夜郎自大の民族になるのは、この戦争によるものであり、（……）この戦争の科学的な解剖を怠り、むしろ隠蔽し、戦えば勝つという軍隊神話をつくりあげ、大正期や昭和期の専門の軍人でさえそれを信じ、（……）もし日露戦争がおわったあと、それを冷静に分析する国民的気分が存在していたならばその後の日本の歴史は変わっていたかもしれない」

また、『坂の上の雲』の〝あとがき・その四〟にも、

「〔何も知らされなかったことで〕これによって国民は何事も知らされず、むしろ日本が神秘的な強国であるということを教えられるのみであり、小学校教育によってそのように信じさせられた世代が、やがては昭和陸軍の幹部になり、日露戦争当時の軍人とはまるでちがった質の人間群というか、ともかく狂暴としか言いようのない自己肥大の集団をつくって昭和日本の運命をとほうもない方角へひきずってゆくのである」

とも記しているのです。それはもうその通りで、明治日本の事実をしっかり確認して、賢明さを保持せねばならなかったのです。そうしなかったばかりに、その後継ぎは世界中を敵とす

る太平洋戦争を引き起こす愚かさに突き進んだことは間違いない事実なのです。ですから、司馬さんは日本の明日のためにも、もう一冊きちんと愚かになった日露戦争後の日本を書いておかなければならなかったのです。

また、〝あとがき・その六〟では、なぜ事実を隠蔽したのか、という点についても、司馬さんはふれていません。

「論功行賞のためであった。戦後の高級軍人に待っているものは爵位をうけたり昇進したり勲章をもらうことであったが、そういうことが一方でおこなわれているときに、もう一方で冷厳な歴史書が編まれるはずがない。子爵になった将軍にはそれらしい功を史書に盛らねばならず、大将や中将に昇進した連中にもそれ相当のことを、筆をまげても書かねばならない」

というのが、事実、日露戦争後の浅ましい現実であったのです。

証拠をお目にかけましょう。明治四十年九月二十一日、論功行賞の大盤振舞いが行われました。当時の新聞に大々的に発表されています。陸軍六十五名、海軍三十五名が爵位を授けられました。山県有朋、伊藤博文、大山巌は公爵へ、井上馨、野津道貫、桂太郎は侯爵へ、山本権兵衛、乃木希典、東郷平八郎たちは伯爵へ。東郷さんは男爵から二段階特進です。そうです、乃木さんの第三軍の参謀長の伊知地正治大佐は新たに男爵になっています。司馬さんが無能な参謀長として論難した軍人であることはご存じのとおりです。

ざっとこの有様でした。これで、リアリズムに徹せよといったってこれは無理、ということがよくわかるのではないですか。ですから、もう一冊『坂の上の雲』を書かなければと、しきりとわたくしがねばったわけなのでした。

そうした明治の軍人たちの手前よがりの悪しき風潮に、異を立てた人に夏目漱石がいます。

五月になると、よく日本海海戦のことが話題になる。漱石はたいてい黙って聞いていたといいますが、ある門下生のひとりがやたらに東郷元帥のことを褒めたてたとき、漱石はぴしりといったといいます。

「東郷さんはそんなに偉いかね。僕だってあの位置におかれたら、あれだけの仕事は立派にやってのけられるね。人間を神様扱いにするのはいちばんいけないことだと思う」

この良識が日露戦争後に失われた。しかもそのことに日本人は気づかないでいた、そのことがいちばんいけなかったと思う次第なのです。

五　『坂の上の雲』から文明論へ

静かな抗議としての小説

今章も、前章につづいて司馬さんの大長編『坂の上の雲』について、もう少しふれてみようと思います。

平成十年（一九九八）八月号の「文藝春秋」の一大アンケート特集「二十世紀図書館」では、西田幾多郎の『善の研究』や夏目漱石の『吾輩は猫である』をおさえて、この作品は第一位に推されました。二十世紀の日本の最大人気の小説というわけです。司馬さんを語るのに、この作品を簡単にすましてしまっては、申し訳ない。

さて、司馬さんは、戦後の日本人の歴史というものにたいする見方が、ややもするとイデオロギーの分裂と固く結びついてしまっていることを、何とかしなければいけないと考えていたのではないでしょうか。もっと歴史にたいしては謙虚でなければいけないと。

それなのに、いまの日本は、左右のイデオロギーの分裂が歴史の見方、解釈にまで影響を与え、感情的に対決して、たちまち政争の具になってしまう。「僕は思想については冷静なつもりで戦後を過ごしてきた」という司馬さんのいつも語っていた言葉は、そのことへの静かなる抗議ではなかったか。そして、この静かな抗議の一つとして『坂の上の雲』が書かれた。あるいは、まことに個人的な観察かも知れませんが、司馬さんはこの作品で戦後日本にたいしてある種の抗議をしたかったんではないか。そう思えるのです。

戦後日本の歴史学では、マルクシズムの影響が強く、戦前の「皇国史観」を全否定したまではいい。が、バカな戦争への反省と怒りとが昂じて、なぜかそれに先立つ明治維新いらいの日本の近代の歩み、近代化までが断罪されるか、あるいはある条件をつけられ真価を減殺《げんさい》されている。そんな風潮がいまにまでつづいています。

小説家・司馬さんは、歴史が、唯物史観が説くように、世界の基本法則といったようなもので、自動機械みたいに公式的に動くものではない、ということを知りぬいていたのですね。エッセイ『「坂の上の雲」を書き終えて』にあるように、日露戦争は「戦うべからざる戦争」ときめつけ、「いっそ敗れてロシアの属領になったほうがよかった」といわんばかりの言説がまかり通っている現実に、この長編小説を書くことで、はっきりと「NO」と言ったのです。

「思想」で是非をきめ断罪するのは安易である。しかし、事実はどうなのか。明治という時代にもう一度生きてみる、という努力をして、たしかめてみようではないか。それが『坂の上の雲』という小説でした。わたくしはそう考えるのです。

沖ノ島の上空を翔ぶ

清張さんもそうなのですが、作品を書くにさいしての司馬さんの資料収集と検証作業のものすごさ。大作家になればなるほどそうなのかも知れませんが、ほとほと驚嘆するばかり。[*1] 冗談でなく、命懸けといってもいい。つまりは、こまごましたエピソードやゴシップまで、文献に当たり専門家に尋ね、納得ゆくまで調べあげる。

「海軍軍人の制服の袖には、なぜ金筋が入っているのか」

「海軍の軍楽隊の人は、戦闘中は何をしているのか」

そんなことまで調べあげる。

「連合艦隊が鎮海湾を出ていくときの命令は何だったのか」

とにかく徹底的なんです。この答えをここで申してもいいのですが、例によってすべて「余談であるが」にくわしく説明されています。せっかくですから、楽しみにして確かめてください。いや、最後の問いの答えだけお教えいたします。これは簡単ですから。

最初の命令は「石炭捨て方、はじめ」でした。

当時の艦船は石炭で動いています。敵来るとなって、スピードを増すため、艦を重くする余分の石炭は捨てるわけです。

とにかく、その博覧強記、好奇心、実地探索の実行力、そして柔軟な、あたたかい感性などなど、もうびっくりするほかない。清張さんもこの点はまったく同じです。兄たりがたく弟たりがたし。わたくしは「歴史探偵」を自称していますが、お二人に直接に接したことで、どのくらいわが探偵術に刺激をうけ、役立ったことか。もう一人の探偵術伝授の恩人は坂口安吾さんです。

それはともかく、それらがまた読者への素晴らしい贈り物になってくる。歴史と地理にたいする深い知識の上にたつ文明論は、個人の限界を超える奇跡という以外にないようにも思えるのです。

ある日、司馬さんが言うのですね。この小説を書くために、現場を見たい、と。で、自衛隊の飛行艇に乗せてもらって、沖ノ島周辺をぐるぐる回って眺めた。少し時がたったとき、思い出して、

「そういえば日本海海戦の現場はどうでしたか。ただの海が広がっているだけだったでしょう」

と、わたくしが笑ったら、司馬さんも若干苦笑しながら、

「そりゃもうその通り。ではあるけれど、波の色、少しガスのかかった五月の海の気分はよくわかった。それを見れば充分だった」

と言われまして、特別に当時の取材ノートをみせてくれました。まず「大村湾〝明媚〟湖水の如し」にはじまって、沖ノ島のスケッチが上手に描かれたページの余白には、細かい文字があちらこちらに書かれています。「三時十二分、第一次戦闘海域にさしかかる。右方に沖ノ島見ゆ。笠雲をかぶり神々しき哉」「三時十七分、太陽やっと海を照らし、波、タタミの如し。水の色はうすき藍。右前沖ノ島巨大。一個の大岩礁。どこからあがればよいのかと、とりつくしまもなき島」。そんな字が読みとれました。

「促成教育ではあったが、士官教育をうけたから、陸軍のことは少しはわかる。しかし、海軍をよく知らない。あの軍艦の硬いタラップを踏んだときの感慨を知っているかどうかで、小説はず

いぶん違うものなのですよ」。そんなことを司馬さんは言っていました。

時代のごく平均的な一員

そうまで周到な準備をして、司馬さんは『坂の上の雲』を書きだしたのです。ご存じのような傑作になりました。司馬さんがどういうつもりでこの長編を書いたのか、勘どころをあげてみます。


狂気ともいうべき財政感覚であった。

日清戦争は明治二十八年におわったが、その戦時下の年の総歳出は、九千百六十余万円であった。

翌二十九年は、平和のなかにある。当然民力をやすめねばならないのに、この二十九年度の総歳出は、二億円あまりである。倍以上であった。このうち軍事費が占めるわりあいは、戦時下の明治二十八年が三二パーセントであるに比し、翌年は四八パーセントへ飛躍した。

明治の悲惨さは、ここにある。(……)

この戦争準備の大予算(日露戦争までつづくのだが)そのものが奇蹟であるが、それに耐えた国民のほうがむしろ奇蹟であった。


(第二部「権兵衛のこと」の章)

また「第一部」のあとがきにこうある。

このながい物語は、その日本史上類のない幸福な楽天家たちの物語である。やがてかれらは日露戦争というとほうもない大仕事に無我夢中でくびをつっこんでゆく。最終的には、このつまり百姓国家がもったこっけいなほどに楽天的な連中が、ヨーロッパにおけるもっともふるい大国の一つと対決し、どのようにふるまったかということを書こうとおもっている。楽天家たちは、そのような時代人としての体質で、前をのみ見つめながらあるく。のぼってゆく坂の上の青い天にもし一朶《いちだ》の白い雲がかがやいているとすれば、それのみをみつめて坂をのぼってゆくであろう。

この小説の主題は何か、よくわかる言葉です。なるほど、秋山好古《あきやまよしふる》、真之《さねゆき》の軍人兄弟が主要な主人公であるのははっきりしている。それと前半では正岡子規。でも、彼らを描くのがテーマではないことは、この小説を斜め読みしてもわかります。もっと広範囲の、政治・経済・外交・軍事それらが複雑にからまった大きな歴史の動きが、うねりが、実に明快に説得的に、わかりやすく書かれている。

要すれば、司馬さんは明治という時代を書きたかった、これはもう改めて言う必要もないでしょう。ここに登場する人びとは、だれもが人間としての気概、誇りをもって生きた。だれもが爽やかな快男児で、抑制のきいた美しいサムライ的倫理と、合理的精神の持ち主として描かれている。好古や真之だけではありません。児玉源太郎だって東郷平八郎だって、そうです。西欧列強の強圧をうけながら、国家の独立を最高の目的として、彼らはみんな堂々と国を愛し、民族の行く末を思い、それぞれの務めを果たしたにすぎない。すなわち、明治という時代そのものが書かれている。

もういっぺん「第一部」のあとがきを引くと、

（好古も真之も）かれらは、天才というほどの者ではなく、前述したようにこの時代のごく平均的な一員としてこの時代人らしくふるまったにすぎない。この兄弟がいなければあるいは日本列島は朝鮮半島をもふくめてロシア領になっていたかもしれないという大げさな想像はできぬことはないが、かれらがいなければいないで、この時代の他の平均的時代人がその席をうずめていたにちがいない。

この小説のすばらしいところは、ここなんですね。ものすごい天才や英雄が登場するわけではない。みんなチョボチョボ、「平均的な一員」なのです。だからだれでもが代わりになれた。ただし、人間としての誇りと気概がなければならない。一人ひとりが自分を完全燃焼させる。時代とともに生きることに生き甲斐をもたねばならない。それが条件ではありますが[*2]。

　こうして、ロシアという当時の世界五大強国の一つを相手に、国家の存亡を賭けての防衛戦に勝ち抜くため、日本人の一人ひとりが、弱者の自覚のもとに、弱者の知恵と弱者の勇気のあらんかぎりふりしぼって戦いぬいたのです。それが明治という時代であった。ですから、この小説の主人公は、明治という煮えたぎった時代そのものであったといえるわけです。もう一つ、大きくいえば、近代日本の創造期を、その時代に生きる複数の人物により鳥瞰《ちょうかん》的に構築した文明史的小説、ということになるでしょうか。

　でも、それだけに下手な読み方をすると、世界に冠たる日本帝国建設を誇らしげに書いたもの、ということになりかねない。そう読む人も世の中にはずいぶんいるようです。ナショナリズムをたいそうくすぐられて、日本はすべからくこのように勇壮で、闘志満々、先頭に立って世界をリードしていかねばならない、なんて大言壮語する人もでてくる。危険な要素がいっぽうに一杯ある。司馬さんとは無関係に、勝手気儘《きまま》に、自己流に解釈して、滔々とやっている方と出会ったりすることがある。さぞや天国で司馬さんは苦虫を噛み潰していることだろうな、と深く同情するわけなんです。司馬さんがこの作品のテレビ化、映画化を何があろうとも許さない、と文字どおり遺言としているのも、むべなるかな。軍艦マーチでドンドコドンドコと活劇仕立てにされる懸念は十二分にありますから。

主題は「文明論」への道

こう考えてくると、この、高いところからみる鳥瞰的史観による歴史小説家から、もう一つ超えた新しい文明史観にたつ作家へと、司馬さんが進んでいくことになるのは、必然の道といえるのではないか。それは『坂の上の雲』からはじまったに違いないのですが、もっとも具体的になってくるのが『翔ぶが如く』あたりからではないか。このころから、よりグローバルな比較史観、比較文明論を可能にする発想を、司馬さんは抱くようになりました。

それがつまりは、司馬さんの現代日本批判へとつながっていったと思います。『坂の上の雲』のもっとも読まれた時代、それはまさしく高度成長期にあたるわけです。あのバブル経済というものをよくよく見れば青空に白く浮かんだ坂の上の雲であったのです。あるいは勝手な思い込みなのかとも思いますが、司馬さんはそう観察したのではないでしょうか。で『坂の上の雲』を書き終えたあと、そこから現代日本にたいする厳しい反省をこめた猛烈な批評が、司馬さんの心のうちに生まれてきた。

司馬さんの戦争直後の国家観は、明治国家は重たかったが、戦後の国家は軽くなった、それはいいことだ、というものでした。ところが、無茶な高度成長の過程で日本株式会社になったとき、国家がまた八方塞がりの、実に重いものとなった。そしてその文明史観をもって、重い株式会社国家となった戦後史を振り返ってみると、きわめて自然な流れで、日本の土地問題にぶつかった。

結果としての精神的・倫理的頽廃《たいはい》についての痛憤が、『この国のかたち』や『風塵抄』にあらわれるようになる。あるいは、『土地と日本人』という警世の対談集に。それは「憂憤」といったほうがいいか。

民族をあげて不動産屋になったかのような観を呈し、本来、生産もしくは基本的には社会存立の基礎であり、さらに基本的にいえば人間の生存の基礎である土地が投機の対象にされるという奇現象がおこった。大地についての不安は、結局は人間をして自分が属する社会に安んじて身を託してゆけないという基本的な不安につながり、私どもの精神の重要な部分を荒廃させた。

『土地と日本人』の「あとがき」の一節です。絶筆となった『風塵抄』の最後も同様の文字が綴られています。[*3]

日本国の国土は、国民が拠《よ》って立ってきた地面なのである。その地面を投機の対象にして物狂いするなどは、経済であるよりも、倫理の課題であるに相違ない。(……)
住専の問題がおこっている。
日本国にもはや明日がないようなこの事態に、せめて公的資金でそれを始末するのは当然なことである。

　その始末の痛みを通じて、土地を無用にさわることがいかに悪であったかを、（……）国民の一人一人が感じねばならない。でなければ、日本国に明日はない。


　バブル経済なんて、日本人の欲ぼけにすぎない、という司馬さんの憤りです。すなわち、かつてのよき日本人がすべてそうであったように、「名こそ惜しけれ」とみずからを律してきた日本人はどこへいったのか、という嘆きでもあるでしょう。司馬さんは、小説をとおして、おのれを殺して世の中のために尽くすという、日本人が昔からもっていた律儀さ、実直さを諄々と説き、警鐘を鳴らしつづけたわけですが、平成日本はついに聞く耳をもたないのか。

　亡くなるちょうど一年前の一九九五年二月に、久し振りにお目にかかり、一緒に酒をのんでいろいろと話をうかがいました。その夜はもっぱら現代日本にたいする憂いがテーマでした。この不動産国家を何とかしなければならない。昭和が終わって日本はますます悪くなった、というわけです。日露戦争後の大日本帝国が思い上がって悪くなったように、物質的繁栄をとげたあとの平成日本は「公」を失い、私欲に走り、救いがたいほど悪くなっている。それを救いうるものがあるとすれば、「諸君は功業をなし給え、僕は大事をなす」（吉田松陰の言葉）といった透きとおった格調の高い精神だけしかない、とも言っていました。

　こうも言われました。いまならまだ間に合うかもしれない、皆が知恵をしぼれば、一億の国民のうち八十パーセント、いや九十パーセントが合意できることが見つかるのではないか、と。そんなものがあるんですか、と聞いたのです。司馬さんは、

「それは君ね、自然をこれ以上壊さないということだよ。もとに戻せといったって無理だから、ここまでは許すことにしよう。しかしこれ以上はもう壊さないことを、日本国民が全部で合意しようじゃないか。そうしなければ、われわれは子孫に顔向けができないじゃないか」

と言う。ということは、これ以上私たちが欲望を拡大しない、贅沢を望まない、ということを全員で合意することでもありますが。

「空を見ても、川を見ても、山を見ても、ああ美しい、いい国に生まれたなという思いを、子供たちに残す。それが私たちの義務というものじゃないか」

というのが、わたくしが聞いた司馬さんの最後の言葉でした。

＊1　NHKのディレクターの有吉伸人氏と会って司馬さんについていろいろと語りあったとき、彼が神田神保町の古書店「高山本店」の主人の高山富三男さんから取材した話を教えてくれました。高山さんが半ば呆れながら語ったそうです。
「とにかく関係するものは残さず集めてくれ、とおっしゃるのです。竜馬自身のものでなくても、竜馬が各地方へ足をのばした場合の、その地方の郷土史だとか、会った人の家族の関係だとか、そういうものを何でもいいから集めてもらいたい、と注文をされたといいますよ」

それで、たとえば『竜馬がゆく』ですと、高山さんが集めた資料はおよそ三千冊、重さにし

て一トン。金額は昭和三十年代当時で一千万円であったというのです。ちなみに昭和三十五年のわたくしの月給は二万円ちょっとであったと記憶します。それに比べて、司馬さんの投資たるや、仰天するほかはありません。

＊2　秋山真之のほうは有名で、希代の名参謀として『坂の上の雲』以後も多くの人によって書かれています。たいして兄の好古については、その後もあまり知られることのないままになっているようです。が、この人は弟以上にすばらしい人間であると思います。「騎兵の父」としてよりも、とくに晩年の好古がいい。近衛師団長から教育総監を歴任した大将がです、なんと、予備役になったあと、故郷の松山市の中学校の校長になっているのです。こうして大正十三年（一九二四）、六十六歳の好古は夫人をはじめ家族一同を東京に残して、単身で、松山の狭く小さな生家に帰りました。

松山市を訪ねたとき、中学校長としての好古の心温まる話やちょっといい話を山ほども聞かされました。質素な藁屋根の小さな家に住み、春夏の候ともなると、夕刻になればかならず庭にでて、城山をのぞみながら独酌一本、陶然としてみずから楽しんでいた。爵位とか勲章とか地位とかには目もくれず、古武士のようにゆったりと毎日を過ごしていた。家から中学まで校長は毎日馬で通った。大正十三年から昭和五年まで実に六年間、一日も休んだことはない。そればかりでなく、出退勤のとき時間に一分の狂いがなく、校長の通う道筋の人びとはその姿を見て、狂いやすい時計の針を正したらしい。

好古には、人生は簡明であれ、男は生涯において一事を成せばいい、というモットオがあった。そう司馬さんは書いていています。まさしくこの人の一生は簡素明瞭であったようです。日露戦争後の勲功を漁ったいろいろな軍人どもとは、どだい質を異にしています。

このスッキリとした人は昭和五年十一月四日に亡くなりました。享年七十二。死ぬとき「馬を引け」といったといいます。司馬さんは「奉天へ」とうめくように叫んだと書いていますが、それは間違っているらしいのです。そうなんだな、と思いました。好古の魂魄は満州の戦野をさまよいつづけてなどいなかった。好古の魂は中学校長として今日も出勤すべく「馬を引け」といった。そうに違いない、そうにきまっていると、思ったことでした。

＊3　この、絶筆となった『風塵抄』の、大事な部分をもう一つ、やはり載せておくことにします。

「物価の本をみると、銀座の『三愛』付近の地価は、（……）昭和四十年に一坪四百五十万円だったものが、わずか二十二年後の昭和六十二年には、一億五千万円に高騰していた。

坪一億五千万円の地面を買って、食堂をやろうが何をしようが、経済的にひきあうはずがないのである。とりあえず買う。一年も所有すればまた騰《あが》り、売る。

こんなものが、資本主義であろうはずがない。資本主義はモノを作って、拡大再生産のために原価より多少利をつけて売るのが、大原則である。……でなければ亡ぶか、単に水ぶくれになってしまう。さらには、人の心を荒廃させてしまう」

バブル経済がいかに人の心を荒廃させたことか。そのことをあらためて私たちは確認しておく必要があります。

六　巨匠が対立したとき

〝取材の鬼〟としての両文豪

清張さんは取材で現場に立ちますと、しばし不動の姿勢をとります。じっと何ものかを凝視する。それも実に長い時間です。メモなどいっさいとろうとはしません。つまり、あらかじめ資料などによって現場の様子などは頭に入っている。確認するために、わざわざやってきている、そんな感じなのです。

安宅《あたか》産業の崩壊をテーマにした小説『空の城』の取材で訪れたカナダのカンバイチャンスの製油所の廃墟で、灰色にひろがる大西洋からの強い風を受けながら、清張さんは厳然として立っていました。はっきりと思い出されます。それがあの作品の凄絶ともいえる描写となってあらわれるのです。[*1] 作家的記憶力というかイメージづくりの確かさには、凡骨は驚くばかりなのです。

司馬さんとは取材旅行に同行したことはなかったのですが、旧軍の関係者などから話を聞く席には、しばしばご一緒いたしました。そんなときの司馬さんもそうでした。どんどん質問をつづけて、メモとか資料の見直しなんかで余計な時間を食うことはありませんでした。資料を熟読し頭に叩き込んでしまっている、そんな感じでした。

両文豪は〝取材の鬼〟という点においては、甲乙つけ難くて、熱心に取材をされました。すべていいものを書くためにです。さきにふれたように、司馬さんが『竜馬がゆく』のために古書店から集めた資料は重さにして一トンといわれています。『坂の上の雲』を書きだすときは、神田の古書街から、日露戦争関係はもとより、日露の海軍史・帝政ロシアについて・兵器・軍艦・満州（中国東北部）の地理関係書などの本が残らず消えた、という伝説的な話が伝わっています。九十七パーセントくらいは本当だろうと思います。[*2]

長く清張さんの担当編集者であった藤井康栄さん（現・松本清張記念館館長）も言っています。「とにかく資料集めには全力を投入しました。そうした努力が実を結び、清張さんの頭脳を通して、巧みな構成力と熟達の表現力で作品が生まれたとき、生原稿を手にする第一の読者の私が面白くないわけがありませんよ。こうなれば、『一級資料でなければだめ』とか『他人の使った資料では書きたくない』などという無理難題へのプレッシャーも、困難な取材の苦労も乗り越えられる、というわけなんですよ」。

まことに、そうなんだよなあ、わたくしも同感するのみなんです。

そこに発して、清張さんと司馬さんの人間性、いや、作家としての共通点は、ということをちょっと考えてみたいと思います。

実に下らないことから言うと、ご両所ともおよそ趣味というものがない。タバコはプカプカやっていますが、酒には目がないというわけではない。ゴルフの話や勝負事について、蘊蓄《うんちく》のほどをうかがったこともない。清張さんは将棋を少々指すらしいんですが、そんなことに時間をつぶすのが惜しいようで、盤に向かう意欲をみせません。もちろん、競馬・競輪その他に関心を示そうとはしない。とにかく世人一般が楽しみとしているようなことには目もくれない。なんにもしない点では、完全に共通しているわけです。

清張さんの唯一の趣味はパチンコで、これは上手かった。が、どうも人がジロジロ見るので楽々できない、とこぼしていました。そこで「黒眼鏡かけて、マスクをして、帽子を目深に被って変装していったんだが、すぐバレてしまった」と。そういっては失礼ながらあの風貌姿勢、バレないと思うほうがおかしいわけで。

司馬さんには一度、手製の細切りジャガイモ入りチャーハンのご馳走にあずかりました。「僕はこれが得意なんでね」と前宣伝つきでしたが、味のほうは忘れました。人によっては、司馬さんの得意料理は天麩羅《てんぷら》だ、いや玉子丼だ、というようですが、そっちのほうのご馳走にはついにあずかりませんでした。でも、これを唯一の趣味とするのはどんなものか、と思う次第なんです。まあ、割烹着《かっぽうぎ》をかけた司馬さんの姿なんて、想像するとちょっと愉快ではありますが。

それじゃあ、何が楽しみで生きているのですか、と問われたら、多分ご両所とも「原稿用紙に向かうこと」と答えるに違いありません。あるいは資料を読み考えることか。[*3]

理解力・直感力・集中力

そこで、作家としての共通点[*4]、ということであれば、資料解釈の確かさを第一に挙げたい。それと必要な文献、資料を広範囲にきちんと押さえていること。清張さんの場合、古代史であれば、当の古代史の諸文献はもちろんのこと、考古学、民俗学、宗教学、地理学と、こっちの手のとどかないところまで目をとおされている。司馬さんもまた然りです。

第二には、問題のたて方がつねに現代的である、ということでしょう。学界のためとか、仲間を意識してとか、狭いところには止まっていない。多くの読者をいつも頭に置いている。それで学者からは、「実証の欠如」「創作の気儘さ」などの悪口が囁《ささや》かれますが、実は妄言以外のなにものでもない、と思えてなりません。

そうした執拗な資料との取り組みからくる理解力の卓抜さ。どちらも天才としかいえないのではないか。本の読み方の速いこと、びっくりなんていうものではありません。超人的の一言です。こっちがコーヒーを一杯飲む間に、三百ページくらいの本を三冊読み終わった、なんて経験をした担当の編集者はどちらにも山ほどいるのです。斜め読みとか流し読みといったものではありません。いってみれば、パッとページを頭脳の中に写しとってしまうのですね。そしてどこの部分が必要か、大切かを一瞬にして直感する。

司馬さんに聞いたことがあります。いかにすれば、その技が身につくものか。答えはあっさりしたものでした。

「訓練です」

そういえば、清張さんも「若いときには、ずいぶんと訓練したものだったね」と回想してくれたものです。つまり、猛訓練することによって、大袈裟な言い方をしますと、ページのなかのいちばん大事なところの活字が、さあ、読んで下さいと言いつつ、自分のほうから立ってくる。清張さんの場合も、司馬さんの場合も、一瞬にして大事な箇所を見つける直感力とはそういうものらしいのです。

井上ひさし氏によると、司馬さんはこう語ったというのです。

「私は資料を読んで読んで読み尽くして、そのあとに一滴、二滴出る透明な滴《しずく》を書くのです」

こうなると、もう神がかり的と言わざるを得ません。

しかし、ご両所ともとくに教えてはくれませんでしたが、「透明な一滴」を得るためには、眼光紙背に徹するまで、ぐっと集中しなければならないのです。それは言うまでもないこと。この資料を読んで読んで読み尽くすまでの集中力において、余人に超越して優れていた、とわたくしは観察しているわけです。

いずれにせよ、理解力・直感力・集中力、ならびに記憶力、それらが備わっているのが天才というものといえましょうか。[*5]

「関ケ原合戦」をめぐって

では、お二人のどんなところが違うのか。これは至極面白い問題でしょう。すでにここまでで、「差異」といえそうな違いを申してきています。清張さんは、たとえれば社会の暗黒部分に光をあてた作家、あるいは庶民の立場を執拗に捨てなかった作家、または文壇的には恵まれなかった孤独な巨人となります。司馬さんは、これまた、敗戦による自己否定から日本人を救いあげてくれた作家、あるいは良き日本をすべての人に教えてくれた作家、またはあらゆる栄光に恵まれ早世を惜しまれながら駆け足で去っていった知の巨人というわけです。しかし、こんな定義づけでは所詮は言葉の遊びみたいなもので、ほとんど何も言っていないに等しいんですね。

といって、具体的に、となると材料がない。たがいにその重い存在を意識していたことは確かなのです。それとなく、現況などをそれぞれから聞かれたこともありますが、ま、挨拶程度に、でした。それだけになかなか面と向かって話し合う気にはなれなかったのか。たとえば「文藝春秋」誌上で、それぞれがホストになって、多くの方と歓談したり議論しているのに、当のお二人の対談は、ついに一回も実現していません。

活字になっているものでは、NHK番組「日本史探訪」の単行本に収められている「関ケ原」で、二人の名が並んでいます。ただし、番組は一緒に出演して語り合ったものでなく、別々に収録しておいたものを、局のほうで編集して流したもののようです。でも、冒頭からつぎのように対立した見解が吐露されているんですね。

司馬　三成《みつなり》は、やっぱり勝てると思っていましたよ。圧倒的な勢いで家康をやっつけることができるということを、合戦のおそらく十日ぐらい前までは確信していたでしょうね。

松本　関ケ原の事前の形勢は、家康の側からいえば、これは絶対わが方の勝ちであると確信していた。関ケ原の合戦というのは、ある意味で家康が挑発したんで、それくらいにちゃんと戦略も作戦計画もできているんですから、これはもう疑いもなく家康は東軍の勝利を確信していた。しかもそれは科学的な確信に近かったと思いますね。

（『日本史探訪・第一集』昭和四十六年、角川書店）

このまま対談が進行していったら、歴史観やら人物論やらが激しくぶつかり合って、さぞや面白い一騎討ちがみられたことなんでしょうが、そうはならなかった。「十九万四千石の三成は、これはつまり銀行信用のない存在でしたでしょう。それでよくまああそこまで人をかき集めてやったと思うんですけれども……」「三成の地位が秘書課長だという司馬君のたとえは適切だと思うんです。しかし有能な秘書課長がみんなをくどいて、特に重役どもをくどいて、いっしょにやってくださいといくら言ったところで、これは彼の思うとおりには立ち上がらないと思う」ぐらいのところで論争は終わっている。折角のチャンスは虚しく失われたと言うほかはないようです。

直木賞選考委員として

ところが、ここに絶好の材料があることに気づきました。それは直木賞の選考委員会の席上、なんです。清張さんは昭和三十六年上半期から、司馬さんは同四十四年下半期から、それぞれ選考委員になっていまして、ともに五十四年下半期でいっしょに辞任しています。となると約十年間、選考は年に二度ですから、二十回は面と向かって言葉を交わさなければならないことになります。なんと多くの両雄を知るための機会を、文学の神はわれらに与え給うたことか。

ただし、わたくし自身は芥川賞の選考会にはしばしば陪席したのですが、直木賞に関係したことがない。で、直接の見聞ではなく、どうしても残されたものによることになります。選考が終わると、委員は選評を書く。その選評を、改めて読んでみたのです。これがなかなかに興味深かった。が、その反面で大そうがっかりもしました。

なぜ、っていうと、お二人とも欠席・書面回答ですますことが多く、これじゃ資料にならない。司馬さん五回、清張さん三回、つまり片方のみが出席の場合がかなり多い。そして同席した場合でも、お二人はそれほど対立していないのです。しかも、その十年間・二十回では、なんと十回が受賞該当作品なし。半分が空振り、というわけなんです。真底、ウヘェーとなりました（いや、実はあまりはげしくご両所が対立したんで「なし」になったんだ、という話もちらりと耳にしましたが）。

なかで参考になったのは、第六十七回の綱淵謙錠《つなぶちけんじょう》氏と井上ひさし氏の同時受賞のとき。清張さんは井上氏を、司馬さんは綱淵氏を、それぞれ推している。生半可な推挙ではありません。おのれの作家的眼識を賭して推しているところがはっきりしています。

まず司馬さんの選評です。

（……）綱淵謙錠氏の「斬」はまだ文体も自分のものとして熟しきっておらず、さらには小説的世界の構造が十分でないのに、作品以前の創作態度の重厚さが、作品のなかにまで露《あら》わなほどに出ていて、読後いい作品に接したよろこびよりも、いまの世にこういう大真面目な創作態度をもつひとがいたのかという感動のほうが大きかった。

（……）もし才質で論じられるならば井上ひさし氏の「手鎖心中」にはるかにそれを感ずるが、しかし「斬」がもし賞にならなくても、この作品は書物のかたちでながい寿命をもつにちがいない。

（「オール讀物」昭和四十七年十月号）

この裏には、清張さんとの論議があったんではないか、ということが想像されます。清張さんは『手鎖心中』を推しています。

（……）作品そのものも戯作風になっているが諷刺《ふうし》は十分に利いている。無気力の無意味、逃避の抵抗といったものが寛政期の戯作者たちの姿なら、この作はそれを生かしているし、作者は当時の風俗や洒落、地口《じぐち》といったものをよく調べてちりばめている。（……）ふざけた小説とみるのは皮相《ひそう》で、作者は戯作者の中に入って現代の「寛政」を見ている。年代的に実存人物の出し方に多少の差異がある（結末の名乗りのところ）のも作者の小説家としての腕とみたい。大型作家になる可能性（これは可能性）は十分にある。
「斬」はたいへん評判がよかったが、私はもう一回見送ってあとを待ちたかった。首斬浅右衛門をここまで出したのは手柄だが、資料と小説的な描写とがどうもしっくり融合《ゆうごう》していない。また引用資料に対して無批判（なかには俗ぽい資料もある）なのも不満で、ここには作者の主観がみられない。（同）

第七十二回の半村良《はんむらりょう》、井出孫六《いでまごろく》両氏の受賞のさいも、かなりの論議があったようです。清張さんは「硬質な文体と柔軟な文体」の対照の妙をとり両氏の受賞に積極的なところをみせる。たいして司馬さんは、

私は、自分の感受性がうまく作動しない作品に接するたびに、小説の選考などという大それた仕事をひきうけるのではなかったと後悔することがしばしばある。（……）しかし私が尊敬する何人かの委員がこれを推されたので、自分にはこの作品の理解力がなさそうですからといって、良否についての発言はしなかった。

（「オール讀物」昭和五十年四月号）

と、頼りなげなんです。以下、司馬さんは第七十四回の佐木隆三《さきりゆうぞう》氏受賞のさいも、「こういう選考というのは私には苦手で、経験を経るに従って迷いの振幅が大きくなってくる。(……)私だけが面白がっていることが賞になるのかということになると、疑問を感じてしまう」と、疑いの念を深くし、最後の第七十七回(受賞作なし)で、長々と『「偏私」と「公平」』と題して選考ということについての私的な、つらい疑義を述べて、やがて選考委員を辞めてしまう。

(……)この後味の悪さは、数年残ってしまう。自分が推した作品が顧みられなかった場合とその逆の場合が、自分への嫌悪感になっていちいちあざといほどの記憶になって残る。

こんども、そうである。自分が推さなかった作品を他の委員がつよく推した場合、そういうこともあるのかと驚いてしまい、これは今後何年も残るな、とその瞬間から思い、気持が暗くなってしまう。

(「オール讀物」昭和五十二年十月号)

この点では清張さんははっきりしています。いつの場合でも、簡潔な文章で、テーマがはっきりし、構成のかっちりしている作品を推しています。もう一つ言えば、いい余韻が読後に、ということになりましょう。つまりはご自分の作品なんですね。小説を書くことに真心を傾けている。意見が違っても、それはそれとしてきちんと聞き、しかし自分の意見を言い控えたり、言いそびれるなどということはなかった。投げやりを猛烈に嫌った人でした。

ただし、司馬さんが投げやりであった、という意味ではありません。司馬さんは論理の人でした。いや、良心的でありすぎ、優しすぎた。清張さんの選考委員辞任の理由は、自分の仕事が忙しすぎて、欠席が多くなっては申し訳がないから、でありました。

実現していた対談

もう一つ、お二人がかなりやり合っている対談を見つけました。昭和四十八年一月の「別冊小説新潮」なんですが、これが非常に面白いので、最後にご紹介することにします。

主題は幕末の尊王攘夷運動をめぐって、なのですが、司馬さんが、この大いなる運動を引き起こした思想的背景に水戸学、すなわち朱子学があった、と説き、「水戸学をやらない人でも朱子学をやって、王を尊ぶべし、武力でもって政権を取っているやつを卑しむべし、覇王を卑しむべしということがあるのです。ですから、尊王攘夷というのはもう常識としてあって……」と言いかけるのを、清張さんが「ぼくは、それはちょっと従えないな」と押しとどめて、以下、ちょっと激しい論戦が長々と戦わされることになります。

簡単に言うと、清張さんは尊王攘夷運動のそもそもの起こりと水戸学は関係ない、というのです。司馬さんがこれに食い下がります。徳川期を支配していた官学としての、イデオロギー学としての朱子学の影響は無視できない。清張さんはあくまで具体的というか、現実重視です。尊王攘夷運動の出発は「イデオロギーはなくて、要するに幕府に対する一つの仕返しだよな」と身も蓋もないいい方をするんですね。

こうして延々とやり合って、最後に司馬さんがちょっともてあまし気味に、少し譲歩の姿勢をみせます。「つまり安政の大獄直前の京都情勢に革命思想はないと……。まだそうかもしれません。ただ革命願望はありますよ」。清張さんはすこぶるいい機嫌になったようです。「何かをやろうということはあるかもしれません。私学派朱子学といったところで、一部を除いて、浪人たちが司馬遼太郎のように理論を把握していたとは思えない。連中は単純だからね。だから倒幕運動にエネルギーが出てきた。単純なほど、エネルギーは強いんだ。（……）革命的なイデオロギーになったのは安政の大獄あたりからじゃないか」

司馬さんがそれに和して言います。「安政の大獄からあって、実際、革命を起してやれと思ったのは安政以前には世間に顔を出していなかった、いわば新顔である長州人（……）」

こうした長いやりとりの結論はつぎの通りです。

松本　端的にいえば、安政の大獄以前の攘夷は、神国をけがすといった式の、きわめて単純素朴な考えだったと思う。それから以後の攘夷は幕府を倒す武器になる。そこんとこの攘夷論は性格を見分けていわないと、一緒にいうと、あれはわからなくなっちゃうんだ。

司馬　それは確かにそのとおりですね。

珍しく司馬さんが譲った、という興味で申しているわけではありません。この論争の中で、司馬さんはここに到達するまで言うべきことは存分に言っているのです。そのあとで先輩を立てている、といった形なのです。議論の勝敗なんてことよりも、二人の作家の資質の違いというものが、よく出ているんじゃないか。それが興味深いところなのです。

司馬さんの小説は、ということは歴史の見方ということになりますが、司馬さんの言葉を借りれば、歴史を上から鳥瞰するように捉える。つまり、歴史を大づかみにして読者に示しながら、登場人物の活躍を描くことで、歴史のうねりを手にとるようにわからせる。この俯瞰的な見方が、司馬さんが歴史を語るときにも、文明批評をするときにも、見事に適用されている。そのことが、この清張さんとの議論でも発揮されていると、わたくしには思えるわけです。[*6]

しかし、清張さんは違った。清張さんは地べたを這うんです。草の根を分けるんです。刻々の変化をみるんです。大づかみではなく、ごちゃごちゃと微細に分け入るんです。そのために少々の混乱を来たそうが、読者が理解しようがしまいが、いっさいお構いなしのところがある。

この違いが、昭和史にたいするときに、お二人にどう影響することになるか、次章の、それが主題というわけです。

＊1　いささか長い引用になりますが、『空の城』を読んだことのない人のために、「凄絶ともいえる描写」の実物を、わたくしの感想を交えながら示すことにします。

「タクシーは森の中の、ゆるやかな坂の枝道に入った。舗装はしてなく、赤土の石ころ道であった。二百メートルもすすむと、にわかに森林が左右に大きく展け、製油所の全貌が出現した。息が止まりそうなくらい壮大な光景だった」

まったくこのとおりでした。バッとひらけた眼前に製油所がひろがっていました。

「製油技術をまるきり知らぬ矢野は、寄り合う艦隊の司令塔にも似た大小の塔の群れがどのような名称のものであり、いかなる機能をもつのか、また、その間を結んで張り回されたパイプの何重もの列を油の輸送管とは推察をつけたものの、それがどのような連絡の用をなしていたものか、すべて見当もつかなかった。あるものは燻《くす》んだ銀色に鈍く光り、あるものは赤味がかり、あるいは黄色に、またあるものは鉄の生地そのままに黒かった」

清張さんはカナダへ行く前に、十二分なくらい製油の勉強をすましていました。横浜の大製油所も訪ねて見学し、説明を受けている。でも知らないふりをして書くあたり、効果を知りつくした小説家とは、まこと一筋縄ではいかん存在であることよと、当時思ったものでした。以下少し飛ばして、

「広大な工場の横には舗装された道路が通じていたが、舗装にはすでに亀裂が入っていた。道と工場の境は金網の垣根《フェンス》でさえぎられ、有刺鉄線も張られてあった。人の姿はひとりとしてみえず、操業を絶った工場は機械の音もなく、森の一部のように静まり返っていた。密林の奥深く進んだ探検隊が、突如として行く手に先住民族の遺した都城や大伽藍《だいがらん》を発見したときの想いが想像できるほどであった」

最後のほうの探検隊の譬えは、現地で交わした清張さんとわたくしとの会話にでてきたものでなかったたか。そんな記憶がうっすらとあるのですが。そして海の描写なんですが、これがあっさりしたものなので、ちょっと拍子抜けの感じです。

「道の尽きた先は海であった。海の色は、どんよりと曇った暗鬱な空を映して黒ずんでいた。島と岬とが入りまじり、それは瀬戸内海の風景にも似ていたが、岬は海に落ちこんだ岩山の断崖であった」

いや、ここよりも主人公の矢野がここを去るときの、小さな行動のほうがいい。そこを引用します。

「工場で掘ったらしい小さな水路があった。傍に雑草が茂って、日本の野菊に似た白い、小さな花が咲いていた。矢野はそれを摘みとった。彼には植物の知識がない。帰国してから、押し花にしたこれを植物に詳しい人に見せて名を教えてもらうつもりだった。これは廃墟の記念である。そうしていずれはこれらの廃墟もとり壊されるだろうから、そうなると遺跡地の記念となろう」

清張さんはたしかに小さな白い花を摘みノートブックの間にはさみました。そして「雑草という植物はないから、名があるはずだ」という。しかし、だれもその名を知らなかった。「無学な連中ばかりだね」と苦笑したのを覚えている。押し花にしたかどうか、その記憶はまったくないのですが。

それにしても現地での取材から半年ほどたったとき、これらが描かれたのです。いくらメモをとってあったとはいえ、清張さんの記憶力というか、イメージの保存力には驚きを禁じえません。ほかの小説の場合もそうなのでしょう。描写の根底となるリアリズムに、あくまでも徹する。その上に構築された虚構の素晴らしさということなのです。

＊2　司馬さんが史料に関してどんな考え方をもっていたか、について、司馬さん自身が語っているわかりやすい話があります。

「史料というのはトランプのカードのようなもので、カードが勝負を語るものでないように、史料自体は何も真実を語るものではない。決してありません。史料に盛られているものは、ファクトにすぎません。しかし、このファクトをできるだけ多く集めなければ、真実が出てこない。できるだけ沢山のファクトを机の上に並べて、ジーッと見ていると、ファクトからの刺激で立ち昇ってくる気体のようなもの、それが真実だとおもいます。

ただ、ファクトというものは、作家にとって、あるいは歴史家にとって、想像の刺激材であって、思考がファクトのところにとどまっていては、ファクトの向こうに行けない。そのためにも、ファクトは親切に見なければいけないと思います」（『手掘り日本史』）

ここではとくに卓抜なことが述べられているわけではありません。いってみれば、ごく当然の、ある意味では常識的なことが語られている。しかし、それがなかなかに容易な仕事ではないのは書くまでのないことです。「ファクトからの刺激で立ち昇ってくる気体のようなもの」をつかみとるのは凡人ではできない。一つ二つの史料にたちまちにとらわれて俗説をなぞり、信じられない奇談奇説を述べる作家の何と多いことか。

＊3　とにかく、書くことを生涯の大テーマとしているご両所を、一日の執筆時間や原稿用紙の枚数などで比較するならばともかく、金銭に置き換えるとは失礼千万、と思いまして、本文

では省いたのです。が、テレビのさいには観ていた人びとへのこれもサービスの一つか、あるいはご愛嬌になるか、ということで、文壇長者番付における清張さんと司馬さんとの稼ぎぶりをご紹介しましたら、これが大受けに受けまして……。いかに両文豪が国民作家として読者によく読まれたか、一目瞭然と喜ばれました。で、ここにテレビ放映のときの番付をそのまま載せることにします。両先生、ご免なさい。

	清張さん	司馬さん
昭43	1	2
44	2	1
45	2	3
46	1	2
47	1	2
48	3	1
49	1	2
50	1	2
51	1	2
52	1	2

ちなみに、ご両所が二、三位となった昭和四十五年に、トップに躍り出た作家は、梶山季之さんでした。そういえば、梶山さんは夜一睡もすることなく、書きに書いていたときであったと、なつかしく想い出されます。この一年を除いて、四十年代から五十年代のはじめにかけて、ご両所が断然他を圧していたのは、あらためて驚異のことであったと思うほかはありません。

もう一つ、ご参考までに。

文藝春秋の創刊一〇〇〇号（平成六年三月特別号）を迎えたとき、宣伝広告用に一種のお遊びとして、文藝春秋に執筆した人たちの番付を作ったことがありました。当時の新聞に大きく発表しましたので、ご記憶にある方もおられるでしょう。その東方の横綱が清張さん、そして大関が司馬さんでした。これもちなみに、西の横綱は井上靖氏、そして別格の大横綱が菊池寛ということでした。

＊4　清張さんと司馬さんに共通しているものは、すでに清張さんについてお話ししましたが、司馬さんもグルメ的なところがない。それでその作品には、清張さん同様に、ほとんど食いものの話やうまそうな料理が出てこない。それとも一つ、清張作品と同じに、いや、それ以上に、司馬さんの小説には舌なめずりするような、いわゆる濡れ場が乏しい。

司馬さんの作品で、すぐに思い出せるのは『燃えよ剣』ということになります。が、それもはたして濡れ場といえるかどうか。土方歳三とお雪の「一ツ床で臥てから、やっと落ちついた」という場面だけなんですね。引用しておきます。

「歳三は、言葉をとめた。しばらくだまってから、／『私は、どうやら恥ずかしいことをいっているようだ。よそう』／といった。／『いいえ』／こんどは、お雪がかぶりをふった。／『雪は、たったいまから乱心します』／〔……〕／『こまったな』／『困りましたわ。覚悟して、ただいまから乱心いたします、と申しあげても、雪は雪でございますもの』／とはいったものの、お雪は、自分がおもわず洩らした忍び笑いによって、心のどこかがパチリと弾けてしまったことに気づいていた」

これがたった一つのラヴ・シーンとは。読者のほうが困ってしまうようであります。

＊5　両文豪とも互いに意識しすぎてか、まったく、といっていいほど、それぞれがそれぞれ

について、何かしら批評的な話をするようなことはありませんでした。それはもうこっちが不可思議、というか面妖に感じられるほど徹底していました。司馬さんはそもそもが座談において自分を語ったり、他の文人のことを話題にすることを好まなかった方ですから、まあ当然といえましょう。が、清張さんは、どちらかといえば、いろいろな作家の内輪話やゴシップを聞くことを好む方でした。そうでありながら司馬さんを話題にのぼらせたことはない、と言い切ってもいいと思います。

そのなかで、ほんとうにただの一回だけ、清張さんの「司馬論」といってもいい談話を耳にしたことがあります。作家の森本哲郎氏に短い「清張論」をお願いし、その資料インタビューに同行したときのこと。森本氏の「司馬遼太郎をどう見るか」という質問に、清張さんは答えて率直に語ってくれたのです。

「彼とぼくとの根本的なちがいは、彼はやはり歴史上の人物を素材として書いているわけね。だから、人物が司馬遼太郎のものになっている。で、彼は、人間が面白くてしょうがないというイミのことを書いていたけれど、ぼくはそういうことには興味がない。ですから特定の人物について書いたものはあまりない」（「文藝春秋」臨時増刊『日本の作家一〇〇人』昭和四十六年十二月号）

短い答えでしたが、なるほど、と当時思ったことでした。また、その直前に、「あくまでも菊池寛の戦国時代、芥川龍之介の平安時代であるわけで、それはそれで文学であるけれども、ぼくはそういう意味の文学など書くつもりはない。どこまでもぼくは実証主義でね」とも言っている。つまり「司馬さんの歴史小説は、司馬さんの解釈する歴史小説であり、ぼくにはそうした自己解釈による歴史物には興味がもてない」ということになりましょう。徹底的なリアリストの清張さんらしい言葉と、納得して聞いたものでした。

＊6　司馬さんの「鳥瞰」する歴史小説論に、清張さんが意識してかどうかちょっぴり反発した談話が残されています。これも参考になると思うので、引用しておきます。

「ぼくの史観？　それはイデオロギーとか、政治学ではなくて、やはり、人間を、あるいは組織をですね。見下ろすんじゃなくて、底辺のところで見回す、あるいは上を見上げるというか、そういうところだろうと思うんだ。ぼくは上から人間を描いたことがないと思いますけどね」（「文藝春秋」臨時増刊『日本の作家一〇〇人』昭和四十六年十二月号）

力あるものは浮かびあがり、力ないものは波間に沈まざるをえない。それこそが近代日本の庶民生活というもの。そうした認識に立ち、かつ非情の現実のいちばんの底辺にあって、多くの人びとのひそかに洩らす恨みの声にじっと耳を傾ける。そして清張さんは底辺を這いずりまわり、その人たちに代わって現実のきびしさを訴えようというのです。それが自分の仕事と心得ている。不安な人間存在の基調にあって、なおかつ光るものを見つけようというのでしょう。人間のなかの最高に光るものをみつける司馬さんとは、ずいぶんと違う文学観をもっている。文学観の違いとは、結局、生き方の違いということになるようです。

七　司馬さんと昭和史

「ひき殺していけ」

司馬さん自身が書いたり話されたりしているので、よく知られた話から、今日ははじめます。

大正十二年（一九二三）生まれの司馬さんは、昭和二十年（一九四五）八月の大日本帝国の敗戦を迎えたとき、二十二歳の若さでした。戦車第一連隊の、学徒出身の陸軍少尉で、きたるべき本土決戦に備えて栃木県・佐野の、とある小学校に駐屯していました。この部隊はこの年の早春にソ満国境から移動してきた虎の子の精鋭戦車部隊でした。

このころ、大本営は、この年の秋口に日本本土防衛戦に追い込まれると覚悟していました。このとき、司馬さんの戦車部隊は北から前進して、関東平野の真ん中で米上陸部隊を迎え撃つ任務を与えられているわけです。そのための訓練やら諸準備に大わらわであった初夏のある日のことといいます。郊外に散歩にでた司馬さんは、数人の学校帰りの子供と出会います。そのときのことでした。司馬さんは自分を見つめる子供たちの目がすてきに輝いているのに気づき、思わず声をのんで、その場に立ち尽くしてしまったというのです。

司馬さんから直接に聞いたいい方を、そのまま借りれば、その子供たちの目は、「兵隊さんがいて守って下さるから、日本の国は、そして僕たちは、大丈夫ですね」と語っていた、というのです。子供たちの純真な、すべてを信じきったその目に、二十二歳の青年将校は射すくめられ、たじろいだ。司馬さんはそういうのです。それというのも、その直前に、「米上陸部隊を迎撃するにあたって、邪魔になる邦人は轢《ひ》き殺してかまわん」と恐るべき非情の言葉を、司馬さんは軍の参謀から聞かされていたからなのです。

わたくしは、二度三度と同様の言葉を、司馬さんからじかに聞かされております。しかし、それは誰か責任あるものの語ったものなのか、については、念押しで確認することもなく、さりとてとことん信じきって聞いたわけではありませんでした。というのも、実際にサイパン島で、あるいは沖縄本島での戦闘のさいに、結果として似たようなことが実行されていました。作戦命令として行われたことではないにせよ、悲劇はげんに引き起こされていた。それで、さながら命令のごとくに、そんな悪魔的な言を吐く参謀がいたのであろうかと、いくらか疑心暗鬼のところがあったのです。

ところが、司馬さんがはっきりと活字にして、その言葉を残していることを知る機会がありました。評論家の鶴見俊輔さんとの対談のなかで、こう明確に当事者の存在を示している。もう間違いない事実と、いまは確信することにしています。

（……）東京湾か相模湾に米軍が上陸してきた場合に、高崎を経由している街道を南下して迎え撃てというのです。私はそのとき、東京から大八車引いて戦争を避難すべく北上してくる人が街道にあふれます、その連中と、南下しようとしているこっち側の交通整理はちゃんとあるんですか、と連隊にやってきた大本営参謀に質問したんです。そうしたら、その人は初めて聞いたというようなぎょっとした顔で考え込んで、すぐ言いました。これが私が思想というもの、狂気というものを尊敬しなくなった原点ですけれども、「ひき殺していけ」と言った。（……）

（「朝日ジャーナル」昭和四十六年一月一—八日新年合併増大号）

恐ろしい言葉です。逃げてくる無抵抗な民衆を、作戦の邪魔になるから「ひき殺していけ」という。それを軍を指揮する「大本営参謀」が言ったというのです。しかも、司馬さんの質問に答えてなんですから、また聞きとか、伝聞とかではないんです。名前まではさすがに出されていませんでしたが、わたくしには当時の参謀本部作戦課の秀才参謀たちのいくつかの顔が思い浮かんできました。

司馬さんは、田舎の道で行き交わした子供たちに重ね合わせて、いったん緩急あるときには、自分たちが「ひき殺して」いかねばならない多くの無辜《むこ》の人びとの姿を見たのでありましょう。腹を空かせながら北へ逃げてくる何十万の子供たち、女たち、老人たち。ブリキ同然の戦車ではとても守ることはできない。それどころではなく、集団的狂気のなかにあっては、逆に自分たちが鬼となって轢《ひ》き殺して前進していかねばならないのです。若い司馬さんが絶望を感じたであろうことは、容易に想像できるのではないでしょうか。

否定的な言辞での昭和史

司馬さんの「昭和史」論の原点は、申すまでもなく、この話のなかにある。いろいろと話してくれながら、昭和史にふれて、この許すことのできない〝命令〟を聞かされたときのこととなると、「思想というもの、狂気というもの」をまったく信用しなくなったと、くり返し司馬さんは言いつづけていました。そのような「思想」を構築し、そのもとに集団的「狂気」に陥った戦時下の時代にたいする全否定という形で、昭和史はつねに語られる、といっていいかと思うのです。[*1]
昭和史というのは、おだやかで合理的な日本史のなかでは、まことに異様で、尋常な母体に宿った鬼胎《きたい》のようなものであった、と司馬さんは嚙んで吐き棄てるように言うのです。
「昭和史は大恐慌あたりから、民族の意識下で得体の知れない変化がおこってきて、満州事変という統帥の魔術が束の間の〝成功〟という幻覚を国民に見せて以来、異常が異常を積み重ねて、結果として日本本土を火の海にしてしまった。その狂気の運動が、終戦の詔勅でストップしたんです」
満州事変とは、昭和六年に、満州の領有をめざした日本陸軍の陰謀によって起こされた戦争でした。司馬さんの言うように、それは成功して、日本は世界的大恐慌からいち早く抜け出ることができたわけです。司馬さんはもうそのときから、鬼胎が日本のなかに生まれていた、ときびしく論断するのです。

「私たち戦前の日本民族は、参謀肩章をつっている軍部の人間に占領されていたわけです。それはやはり思想的な背景が強烈にあるんで、集団的狂気のなかからいえば、高崎街道を北上してくる避難民はひき殺していけという結論が出るわけです。これは思想の悪魔性というほかはないんです」

あるいはこうも言いました。

「戦後社会はわかるんです。むかしから連続した日本がある。ところが、昭和初期から二十年までだけが非連続というか、まったくわからない。この時代を考えると、魔法の森に入っていくような感じになるのです」

わたくしは、このときには、ちょっと反発いたしました。「歴史とは、そのような非連続なものなんでしょうか」と。昭和の二十年間だけが別のものとは、自分の経験からいっても考えられない。いまだって、あのころと同じような世界に冠たる国家意識をもっている人が、まわりにうじゃうじゃいますから。しかし、司馬さんはぜんぜん動じません。間髪をいれずに、ふだんの穏やかさとは違ったきつい表情をみせて、言いました。

「玉音放送を聴き、何度か呼吸したあと、なぜこんな愚かな指導者ばかりいる国に生まれたのか、と思いました。政治というものは、本来、民族の理性を吸い上げて営まれるものであるのに、民族情念だけを刺激して昭和史はすすんできたのです。異質の時代です。これまでの歴史を見る限り、日本民族はテンション民族というほかはない。その狂気の部分だけを引き出すアジテーターが出てくると、現実から遊離しちゃう。大遊離したのが太平洋戦争です。四十何カ国と戦う、一国で。こんなばかばかしいことをやった国は世界中にない。私はそんな民族に属していることが不意に嫌になることがある。これほど自分の民族を愛しているのに[*2]」

こう言ったときの、司馬さんのほんとうに寂しそうな顔をいまでも思い出せます。辛そうでした。その顔を見ていると、何やらさかしらの議論をする気にはなれなかったことを、いまも覚えているのです。ただ、もしかしたら司馬さんは日本人を根底から見放したくないばかりに、昭和という時代に「異質な、異常なとき」という否定的な価値判断をあえて下しているのではないか。そう断じることでおのれの救いをえようとしているのではないか。そんなことがふと考えられたものでした。

統帥権へのこだわり

司馬さんは、ご存じのように、「昭和史」の小説化に取り組もうとしました。それは司馬さんの長い作家活動のたどりついた終点、いや、つぎなる出発点として、きわめて自然なことでした。八月十五日の「どうしてこんな国になったのか」という自身に投げかけた疑問に答えるためにも、司馬さんは昭和史を主題とする作品を書かなければならないと思われました。

初めのころには、参謀本部を主人公にする作品を書こうかと思っているんだがね、と突然に洩らされたりしました。わたくしが昭和史、ならびに太平洋戦争を好んで調べていることを知って、そんな話をされたように思う。やがて、それはノモンハン事件をテーマにすると変わった。参謀本部の長い歴史を書かないでも、鬼胎としての日本の内実は、この五カ月ほどの戦争のなかにすべて現出している。司馬さんはそう確信されたようでした。

「それにしても、昭和初期という魔法の森のような時代を、自分なりの手製のカギであけてみたいと思いつつ、なかなかカギが見つからないで困っているよ」

などと、ノモンハン関係の資料などにほとんど目を通されたころに、ちらと語ったりしていましたが、わたくしはまったく信じなかった。なあに、ああは言っているが、司馬さんのことだ、とっくにカギをみつけているよ、とそう観察していたのです。実際にこの推察は当たっていたのです。司馬さんは、カギは「統帥権」にある、と早く見当をつけていたようなのです。いろいろな人との対談なんかに、ひょっこりこの言葉が出てきたりしていましたし、なにより昭和六十一年三月号から「文藝春秋」に連載をはじめた『この国のかたち』は、まさにこの統帥権問題についてではないですか。ちょうどその前後に司馬さんと会いました。にこにこしながら、それとなく研究の成果を口にされました。

「昭和という時代を魔法にかけ狂気にした杖というのは、どうやら戦前の帝国憲法にある『統帥権』が昭和になって無制限に肥大した、ということではないか。そう考えているんだがね」

そして、そのあと司馬さんが例のごとくに多弁に、統帥権について語られるのに耳をすますうちに、わたくしは正直な気持アレアレと思いだした。司馬さんが、昭和七年に陸軍大学校で作成された「統帥参考」を奇妙なほど重要視していたからでした。これは荒木貞夫陸軍大臣のもと、いわゆる皇道派が天下をとっていたとき、小畑敏四郎大佐の指揮によって鈴木率道中佐たち皇道派系軍人が書いたといわれるものなんです。ですから、そこには皇軍意識が拡大されて表出されている。それで、のちに昭和史をあらぬほうへ引き回し君臨した統制派系軍人たちにはほとんど無視された文書なんです。こんな極端なものに捉えられていると、本質を見誤るのではないか、と要らざる憂慮をちょっぴり抱いたわけなのです。

「之ヲ以テ、統帥権ノ本質ハ力ニシテ、其作用ハ超法規的ナリ」

この「統帥参考」冒頭の「統帥権」という章の一文をとらえて、司馬さんはこう断定するのです。

（……）国家をつぶそうがつぶすまいが、憲法下の国家に対して遠慮も何もする必要がない、といっているにひとしい。いわば、無法の宣言（この章では〝超法規的〟といっている）である。

彼らは、統帥権によって超法規的に日本国を統治できる、というところまで考えたのです。さらにこうも書いています。

こうでもなければ、天皇の知らないあいだに満州事変をおこし、日中事変を長びかせ、その間、ノモンハン事変をやり、さらに太平洋戦争をひきおこすということができるはずがない。

『この国のかたち』で、こうした司馬さんの歴史観察を読んだとき、これじゃ昭和史は書けないんじゃないか、とわたくしは率直に思うようになりました。「統帥参考」をカギにして、複雑怪奇な昭和史の扉を開けるには、相当な無理がある。上から広く俯瞰しようにも、これでは見下ろせる世界は狭すぎる。昭和という時代の「なぞ」の扉を正しく開けるためのカギは、昭和天皇のほかにはないのではないか。天皇を「玉」としてかつぐ官僚体制にあるのではないか。天皇陛下をぬきにして昭和史を俯瞰しても、それは本質からは遠すぎる眺めというほかはない、というのが、歴史探偵として昭和史に取り組んでいるわたくしの実感なのですが……。[*3]

それに、これは後知恵なのですが、「歴史は非連続なのでしょうか」「昭和前期はそれほど異常な時代だったのでしょうか」というそのときに発した問いを、やはりきちんと司馬さんに答えてもらっておかなければならなかった。この反省をいま痛烈にしております。「暗黒の時代」と切り離して否定するよりも先に、正常であった時代がなぜ短期間に「異常」になったのか、その筋道を明らかにすることが、歴史を学ぶということなんではないか……。

結局、前章にふれましたように、清張さんのように、地べたを這うようにして血を流しながら、膨大な資料の山に分け入るほかはないんですね。昭和史は、高みから俯瞰して明らかになるような部分はごくごく少ないような気がしてならないのです。

ノモンハンを書かなかった理由

司馬さんはそのうちに、もうノモンハン事件の小説は書かない、と言うようになりました。そんなことをおっしゃらずに是非、といくら口説いても、もう詮がなくなった。ご自分で調べられ、事変や戦車や参謀本部と関東軍の参謀たちの愚劣さ、悪質さについては、あますところなく話してくれるのに、ついに話だけで、ペンをとろうとはされなかった。こっちがしつこく言うと、「ノモンハンを書けということは、私に死ねというのと同じことだよ」と寂しく笑うのが、おしまいごろの返事になりました。

司馬さんはなぜノモンハン事件を書かなかったのでしょうか。わたくしが『ノモンハンの夏』(文春文庫)を書いたからでしょうか、そんなことを尋ねる人がいまも後を絶ちません。是非にも読みたかったというその人たちの切なる思いが、言葉の裏に感じられます。わたくしだって心からそう思います。ですから、何とか書いてもらおうと随分と食い下がったわけなのです。でも、司馬さんは書かなかった。いや、ことによると、書けなかったのではないか、とそんな思いもいっぽうにあります。

それは司馬さんの過去に書いてきた小説のさまざまな主人公を頭に浮かべれば、容易に理解できるのではないでしょうか。織田信長も斎藤道三も豊臣秀吉も、坂本竜馬も土方歳三も河井継之助も、作家丸谷才一さんの言葉を借りれば、「彼らはみな、形骸化して有効性を失つた常識や、集団ヒステリーのせいでの気分によつて支配されるのではなく、現実から出発してものを考へるたちの健全な人物であつた」(「司馬遼太郎論ノート」)のですね。早く言えば、彼らは時代を覆っている狂気と果敢に衝突した人びとです。だれもが爽やかな快男児で、抑制のきいた美しいサムライの倫理と、きちんとした合理主義を身にそなえている人間ばかりなのです。司馬さんは自分と等身大の歴史上の人物を掘り起こして書きつづけたわけです。司馬さんはそうした人たちと付き合い、限りない親愛感となつかしさとをこめて書いてきた。

その司馬さんが、関東軍の服部卓四郎と辻政信という覇道と出世欲しか頭にない魔性の参謀コンビと、長々と付き合う気になれなかったのは、これはもう当然のことと言っていいのではないでしょうか。彼らばかりではない、参謀本部にも保身と功名心にかられるだけの無責任な連中が、それこそ山ほどもいた。ものを書くということは、そういう連中と長い期間膝を交えて付き合うということです。司馬さんはとてものこと、付き合う気にはなれなかったでしょう。

昭和史の重要な転換点になった五・一五事件や二・二六事件について、司馬さんが語っている言葉をみれば、それはより明らかになります。

ぼくは五・一五や二・二六事件は非常にきらいです。あの連中に迷惑をこうむったのは、われわれ庶民——、ゲタ屋のおやじであり、フロ屋のおやじであるわけで、その怨念が猛烈にある。

（「朝日ジャーナル」前掲）

ぼくは昭和維新がきらいでね。二・二六事件やったあいつらは、ヘドが出るほどきらいだ。

（「別冊小説新潮」昭和四十八年一月号）

二・二六事件について全身全霊をあげて取り組んだ清張さんだって、おそらくはそうであったろうと思います。どっちから考えてみても、青年将校たちは、清張さんとは似ても似つかない価値観をもった連中である。しかし、清張さんは何年もこの連中と付き合ったんです。代表作『二・二六事件』はそうして成立しました。読めばわかることですが、青年将校にこれっぽっちの愛情も抱いてはいません。親近感を感じない連中と何年も付き合う阿呆らしさと疲労感とで死ぬ思いをしたに違いないのです。いや、わたくしはすぐそばでそれを見ていましたから、清張さんが一所懸命に冷静になって書きすすめておられたのが、実によくわかります。しかし、清張さんは山のような事件関係の資料を読みわけ、考えるのが楽しくて、自然と最後の一ページにまで到達したのではないでしょうか。地べたを這う、草の根をかき分けるとは、そのことを言うのだと思います。昭和史はそうする以外に書けないもののようです。

司馬さんの小説は、つねに主人公の人間のその最良のところを示し、かつそれを現代に蘇らせる、そこに成立していたようです。砂漠のなかの一個の砂粒のような人の心の美しさをあらわすことに、司馬さんは全力をつくすのです。ですから、司馬さんの小説はいつも明るい。その司馬さんには青史に恥ずべき、ヘドの出るような昭和の人物群像はついに書けなかった。怨念や憤怒や嫌忌では昭和史は書けないものなのかも知れません。残念ながら、司馬さんのノモンハンはついに読むことができなかったわけです。[*4]

＊1 『この国のかたち』のなかの「〝統帥権〟の無限性」が、司馬さんの昭和史にたいする否定論が激烈に表現されている典型といってもいいか、と思います。「昭和ヒトケタから同二十年の敗戦までの十数年は、ながい日本史のなかでもとくに非連続だった」とした上で、こう書いています。

「――あんな時代は日本ではない。

と、理不尽なことを、灰皿でも叩きつけるようにして叫びたい衝動が私にある。日本史のいかなる時代ともちがうのである」

およそ司馬さんの言葉とは考えられない激しさではないでしょうか。そして、最後を「機密の中の〝国家〟」でこう結ぶのです。

「私は、日本史は世界でも第一級の歴史だと思っている。ところが、昭和十年から同二十年までのきわめて非日本的な歴史を光源にして日本史ぜんたいを照射しがちなくせが世間にあるようにおもえてならない。この十年間の非日本的な時代を、もっと厳密に検討してその異質性をえぐりだすべきではないかと思うのである」

そして、この「えぐりだし」の作業が『この国のかたち』と『風塵抄』なのだよ、と司馬さんはおっしゃるでしょう。しかし、正直にいえば、「えぐりだし」は別の形で、つまりは『ノモンハン』をやっぱり書くべきでしたよ、と思わざるをえないのです。いまさらの愚痴にすぎないでしょうが。

＊2　くどくなりますが、同じことを司馬さんが語り、活字になっているのを見つけました。鶴見俊輔さんとの長い対談（「朝日ジャーナル」昭和四十六年一月一―八日新年合併増大号）のなかです。少々長く引用します。

「ぼくは、日本人のもっている民族的な先天性格というようなものにどうしても気をとられる。これまでの歴史で見るかぎり、どうも日本人はテンション民族であって、その部分を引出すアジテーターが出てくると、現実から平気で遊離しちゃう。大遊離をしたのは太平洋戦争です。四十何カ国と戦う、一国で。こんなばかばかしいことをやった国は世界じゅうにないんで、そういうコップの中で旋回している思想といえば思想、狂気といえば狂気、本来的に思想が狂気かもしれないですけれども、コップの中に旋回していることだけで外界と接触しなくなる。そうした行動をやる民族として日本民族を考えるといやになっちゃう。その民族に属していることが不意にいやになってしまう。これほど自分の民族を愛していながら」

多分、「これほど自分の民族を愛していながら」というときも、司馬さんは寂しそうな、辛そうな顔を、鶴見さんにあからさまに見せたのではないかと、そう想像するわけです。

＊3　司馬さんの天皇観については、多くの人びとの共感をえている考え方といってもいいのでしょうが、日本の近代史を考える場合には、ちょっと不都合なのではないか、と思っています。どういう見方か、といえば、昭和天皇が崩御されたときに「文藝春秋」に書いた「無題」と題された『この国のかたち』のなかの、つぎの一文がよろしいのではないかと思うので、引用することにします。

「いまなお明治憲法は、どうでもいいようなあつかいをうけている。その憲法によれば天皇の位置は空《くう》で、いっさいの責任がない。天皇の責任の有無もしくはたれに責任があるのかという論議はまず憲法論からはじめられるべきだのに、それが怠られているように思えるのは、私のひがめだろうか」

司馬さんは、戦前の憲法によれば天皇は政治的には「空」である、というのです。はたしてそうと割り切ってよいのであろうか、とわたくしは首を傾げてしまう。昭和史を研究すれば、天皇（大元帥）が「空」であるとは思えなくなってしまうからです。『坂の上の雲』にも不思議なくらい明治天皇は出てきません。「空」であるゆえ、余計な言及をする必要はないから、と司馬さんは考えていたのでしょうか。天皇の出てこない明治史とは、はっきりいって驚きの書といえるのではないでしょうか。

それでちょくちょく司馬さんとは、天皇論をめぐってぶつかりましたが、何となく言い負かされておりました。でも、やっぱり少々違うんじゃないか、という感だけは残っていました。

＊4　なぜ、司馬さんは小説『ノモンハン』を書かなかったのか。わたくしはかつてある雑誌に長々と説いて理由づけしたことがある。それをもう一度、簡略にして紹介することにします。

昭和十四年ごろの作戦課長稲田正純中将、対ソ情報担当完倉寿郎少佐、技術本部（戦車担当）原乙未生中将など、司馬さんは当時の関係者に会い、取材をしているなかに、歩兵第二十六連隊の連隊長須見新一郎大佐がいました。この人は最初の総攻撃いらい最前線で戦闘に参加し、勇敢に戦いぬき、無傷で生き残った軍人なのです。ほかの連隊長は早々と戦死するか、戦闘の最終段階で自決に追いこまれるか、自決同様の戦死をとげている。あるいは、後退した責任を問われて停戦後に自決している。須見大佐も自決をすすめられたというがこれを拒否した。そこで軍は、須見大佐をただちに予備役にした、という珍しいくらい反骨の軍人でした。司馬さんはこの人から詳細に作戦や戦闘の実情を取材してあったのです。

司馬さんにとっては、須見さんは忘れ難い印象を残した軍人であったようで、まったく関係のない話題で語り合っているときに、ひょいと、須見大佐の名が口端からこぼれることがしばしばありました。その一つ。

「須見さんという人は、ノモンハンの前は、黒河の特務機関長だったんです。須見さんによれば、陸大を出ても、ちょっと成績が悪いと特務機関長をやらされたそうです。そして成績のよかった連中は作戦畑にゆく。作戦畑にいった人間は、特務機関にいった人間をひどくバカにした。そのため、特務機関が送ってきた情報を作戦畑が握りつぶしてしまうことも多々あったそうです。『あのバカが送ってきたんだから、大したものではない』というわけですね。

たとえば、須見さんはこんな話をしてくれました。黒河の向かい側にブラコエシチェンスクという小さな町があって、よくここでソ連軍の演習が行われていた。観兵式もあったそうで、そのたびに須見さんと部下の特務機関員たちは、ソ連軍のあらゆる最新兵器を記憶するんだそうです。それをきちんと覚えておいて、陸軍中央に報告する。中央からその報告に反応のあったためしがない。いつもナシのつぶてだったそうです。

あるとき、部下の一人がソ連発行のグラフ雑誌を手に入れてきた。『陸軍画報』みたいなやつでしょうな。そこに水陸両用戦車など最新兵器がいっぱい出ていた。これは非常に重要な情報だ、ということで東京に送ったところ、東京から、『あんなバカなものは送ってくるな。あれは宣伝用にすぎん』といってきた。『いや、あれは実際にあるんだ。自分はこの目で見た』といっても、東京はぜんぜん認めようとしない。

それで須見さんはいうんです。陸軍というのはまったくの成績順。ペイパーの秀才が大手を振って闊歩している。それほどくだらない組織であった、と。須見さんは幼年学校に入学したときから、一度として楽しんだことはないという。自分が憎悪するのは参謀肩章を吊っているやつだ、と口をきわめて罵っていましたね」

ざっとそんな具合に、司馬さんは須見さんから取材した秘話をいくつも語ってくれました。取材はずいぶん細かいところまでおよんでいるのだな、と非常によくわかりました。ところが、その須見さんからある日、絶縁状が司馬さんのもとに届けられた、というんです。あとにもさきにもたった一回だけ、司馬さんの口からポロリとこぼれた話なのです。あるいは司馬さんがもっとも語りたくない話題であったのかも知れません。それは司馬さんが「文藝春秋」誌上で元大本営参謀（作戦課）の瀬島龍三氏と対談したためでした。

「よくもあんな卑劣な奴と楽しそうに対談をして、私はあなたを見損なった」

という旨のことが書かれていたといいます。そして絶交するとも。机上で作戦をたてる参謀というものにたいする憎悪と怨念が、老いたる元連隊長のうちには、なおはげしく燃えさかっていたということなのでしょうか。

つまり司馬さんが『ノモンハン』を書かなかった理由の大きな部分がここにある、と思うんです。勝手な空想をたくましくするのを許してもらえば、『ノモンハン』が書かれたときには、その小説の主人公はさぞや須見新一郎であったであろう。それも実物よりは怨念といったドロドロしたものを剝ぎとって、すらりとした背骨をもつサムライ的な軍人として描かれたに違いない。そのかんじんな人に絶縁状を叩きつけられたことが、司馬さんの書く意欲を大いにそぎとった、とするのは、ほめられた想像ではないかも知れませんが、なぜか、そう考えられてならないのです。

八　敗戦の日からの観想

前章の、司馬さんの近現代史観の理解を深めるために、つぎのインタビュー記事を、司馬遼太郎財団の許可をえて、掲載することにします。「ノーサイド」平成五年（一九九三）一月号（文藝春秋）に発表されたもので、これまで司馬さんの対談集などの単行本には、収録されていないものです。

司馬　半藤さん、あなたふしぎですね、昭和史そのものみたいな風貌になってきましたね（笑）。昭和五年生まれで兵隊にとられていない年齢なのに、旧陸海軍のことはすみずみまで頭に入っていて、ふしぎな人だな。

半藤　のっけからおどかさないで下さい。それより、ちかごろは小説をお書きになっていらっしゃいませんね。

司馬　むりでしょうな。アルミニウム精錬が電力を食って、金属というより電気のカタマリのようなものであるように、小説も、空気をつかんで固体にするようなエネルギーが要ります。リビドーかな、どうも私にはもうないかもしれません。いまは娯楽みたいにして、エッセイを書いています。

半藤　『この国のかたち』ですね。

司馬　ええ、いままで小説を書いてきて気づいたことの何やかやを、お役に立てればと思って書いています。日本とは何ぞや、というか……。

半藤　何が動機だったんですか。

司馬　おおざっぱにいえば、敗戦の日のショックかもしれません。敗けたから口惜しい、ということでなくて……。私はどうも生まれつき勝敗のセンスが鈍くて。うまく説明できるといいんですが、子供のころ、競争心が皆目なくて、自分の成績がどんなにわるくても鈍く暮らしていましたし、旧制中学のころ、剣道をやっていてなんだか面倒になってくると、ポカリと撃《ママ》たれてほっとして、まあ、負けるほうにまわるほうが気が楽でした。一本、釘が足りないのかな（笑）。もっとも、国が敗けて亡ぶというのは本来、べつなことで、一緒にしちゃいけない。

それにしても、あの日はぬけるように青い空でした。一国の滅亡と天候とはかかわりがないのだなと思いました。あの年の早春、駐屯地のソ満国境から連隊（戦車第一連隊）ぐるみ本土防衛のために帰ってきて、栃木県佐野にいました。二十二歳でした。

佐野は鎌倉末期から富が集積されてきたかと思えるような落ちついたきれいな町で、人情もよく、いい印象ばかりあります。あまり懐かしくて、その後、再訪していません。

佐野での数カ月は、本土決戦に備えての奇妙な日々でした。米軍が九十九里浜か厚木の湿田に上陸してきた場合、私どもは出てゆくのですが、そのときは、東京をはじめ関東南部は艦砲射撃の業火で灰燼《かいじん》に帰しているでしょう。私は閑静な佐野の町の表通りや露地を歩いていて、自分たちが国民を守るどころか、国民のほうがさきに総崩れになってしまうことが、ありありとわかっています。敵の艦砲射撃は日本軍の兵力に対して加えられるのですが、さきに死ぬのは国民で、決戦用の兵力のほうは丘陵地の壕に入りこんだりして、敵の近接まで堪えるということがあり得ますから、平均的に兵士の死は数日は遅れるわけです。むろん、近接戦になっても勝てるわけではありません。われわれの戦車は十数年、モデルチェンジが遅れていて、敵の戦車砲にも火砲にもとても対抗できないものですし、国民を守るどころか、敵に損害を与えることなしに当方が全滅するというぐあいのものでしたから。佐野の数カ月は、そういう結果を待つだけのための日々でした。

昭和史というのは、おだやかで合理的な日本史のなかではまことに異様で、尋常な母体にやどった鬼胎《きたい》のようなものでした。昭和史は大恐慌（一九二九）あたりから民族の意識下で得体の知れない変化がおこってきて、満州事変という統帥の魔術が束の間の〝成功〟という幻覚を国民に見せて以来、異常が異常を積みかさねて、結果として関東南部を火の海にする業火が現出——実際にはおこりませんでしたが——します。その運動が、敗戦の日の詔勅でストップしたんです。

玉音放送を聴き、何度か呼吸したあと、なぜこんな愚かな指導者ばかりいる国に生まれたのか、と思いました。政治というのは、本来、民族の理性を吸いあげて営まれるものであるのに、民族の潜在下の情念だけを刺激して昭和史はすすんできたのです。

（むかしは、ちがったのではないか）

と思い直しました。むかしというのは、明治なのか、それ以前なのかはべつとして。

そのころは無知ですから、むかしの日本などよくわからない。四十前後から、二十二歳の佐野の町にいた私自身にむかって手紙を書きはじめました。それが、私の小説のようなものです。小説のようなというのは、既存のスタイルでない、という意味です。読者はいつも、私のなかにいた二十二歳の私です。いま齢をとって、その自分がまだ自分のなかにいるかどうか……、読み倦きてどっかへ行っちゃったかもしれません（笑）。

敗戦の日の将校室は気持のいいほど冷静でした

半藤　二十二歳のときのご自身への手紙、それがあれだけの膨大なお仕事になったというのは、非常に得心がいきます。しかし、もう齢だなどといわれては読者としては大いに困ります。というわけで、今日はあえてあれこれ不躾《ぶしつけ》な質問をさせていただくことにします。まず、あの八月十五日、佐野での暑い夏の日を迎えたとき、最初に思われたのは、これから日本はどうなるんだろうということでしたか、それとも、さっきいわれたように、この国とはいったい何だったのだろうということだけでしたか。

司馬　あとのほうでした。そのころ終戦に反対しての、軍隊の反乱に似た事象が伝わってきていたせいか、上官から、下士官にこの事態を話しておくようにいわれました。戦車隊は航空隊と同様、下士官が多く、戦力の実質は下士官によって支えられているといっていいのです。

佐野小学校の教室に下士官を二十人ほど集めますと、西という長身の曹長が、佐賀県の人ですが、自分は国もとに帰って松下村塾のようなものをひらき、復讐の日にそなえます、といいます。

つい釣られて、つまり逆のことを、「いままで国家、国家といいすぎた、きみたちはこれから故郷に帰って、女房をもらって子供を生んで、天寿を全うすることを考えろ」といってしまいました。むろん、本気でした。いま考えるとつまらないことをいったものだと思ったりしますが、しかし上代以来、国家が果たすべき役割は、ひとびとに安寧と秩序を与えるということではないでしょうか。

半藤　そんな情なくも敗亡した国を再建するために、明治維新をもういっぺんやらねばというお気持にはなりませんでしたか。

司馬　その質問の答えにはなりませんが、それよりも、佐野小学校を借りた中隊の将校室のことをいいましょう。いま考えても気持がいいくらいに冷静な空気で、処士横議《おうぎ》といった梁山泊《りょうざんぱく》的言動はいっさいなく、理性的でした。

中隊長の西野堯大尉も中隊付先任将校の藤尾仁孝中尉も、陸士ではよくできた秀才でした。私をふくめて大正十二年（一九二三）生まれで、同年ながら上下の厳格な秩序がありました。いまでもつきあっていますが、たがいに大人としての敬語をつかいあっての交友です。

ともかくその日、西野大尉――といっても二十二の青年ですが――のつぶやきが記憶にのこっています。

「これからの戦争は、一弾以《もっ》て終える」

広島に落ちた〝特殊爆弾〟（当時の報道）を踏まえてのことでしょう。〝一弾以て〟というのは陸軍の特殊な文章癖《ぐせ》です。大戦というのがこの世からなくなるだろう、という願望ともつかぬ予想でした。まあ、そのとおりになりました。

　この若い大尉はもう一つつぶやいたかな、「今度の戦争は遭遇戦も会戦もなく、米軍による一方的なものだった。これが戦争だったろうか」。おそらく陸士で習った戦争という概念はどの戦局にもあてはまらない、ということでしょう。

　ともかくも試合が終ったあとの選手控え室のようなふんいきで、同じころ、終戦阻止を企てて皇居のお文庫近くまで乗りこんでいって玉音放送の録音盤を奪おうとした、統帥《とうすい》無視の連中の事件だけが記録されていますが、東京近くに駐屯していた戦前の質同様の現役兵ぞろいの私どもの連隊は、他の多くの部隊と同様、平静でした。こういうようなことは、新聞記事もそうであったように、歴史にも書かれることはありませんが。

　西野堯はその後、金沢に帰って薬学を勉強し、吉富製薬に定年まで勤めて、会社のために四、五十の特許をとりました。

　藤尾仁孝は連隊解散後、連隊のトラックを払い下げてもらって東京・静岡間の運送屋をやりました。サツマイモを運ぶ仕事でした。やがてサツマイモからアメをつくって、いまでは「藤つぼ」という経営状態のいい菓子製造業をやっています。「もう一度、明治維新を、という声はなかったか」というご質問に対する答えです。

陸軍の兵器設計には〝貧〟の要素がありました

半藤　さっきの日本の戦車の話のつづきですが、太平洋戦争のとき、すでに連合国では自動小銃を使っていました。それなのに日本帝国陸軍は、あいかわらず三八式歩兵銃でしたね。この非科学性をどう考えますか。

司馬　そのこと一つをとっても、日本は大《おお》戦争をするような国ではないのに、陸軍の高級機関がドイツのナチに心酔し、統帥大権をテコにして日本をいわば占領し、バカにバカをかさねたすえに国をほろぼしてしまったのです。

三八式歩兵銃というのは明治三十八年（一九〇五）、日露戦争の終りごろに制定されて、第二次大戦終了まで使われた陸軍の制式小銃でした。旧日本陸軍の特徴はいっさい兵器は輸入しないというもので、名銃といわれた村田経芳発明の村田銃で日清戦争を戦い、日露戦争は有坂成章《なりあきら》が開発した三一年式で戦い、三八式はこれを改良したものです。五連発とはいえ、いちいちガチャガチャとボルトアクション（槓桿《こうかん》操作）しなければならない。

当時、すばらしい銃といわれていました。私の出た旧制中学の銃器庫には、村田銃も三八式もあり、わずかながら、どういうわけか帝政ロシアの制式銃もありました。帝政ロシアのは重くて操作が厄介でした。三八式は制定早々から、口径（六・五ミリ）が小さすぎて殺傷力が弱く、〝不殺銃だ〟という酷評もあったそうですが、これに対抗する理屈も明治の陸軍軍部にはあって、「過度な殺傷力は残酷というものだ、敵に対して一時的に戦闘力を奪えばいいんだ」とされていました。なんとも、人道的ですね（笑）。

たしかに口径六・五ミリは可愛すぎたようです。昭和に入ると、世界的に軍用銃は七〜八ミリというようにひとまわり大きくなり、陸軍も口径七・七ミリの九九式（一九三九）というのを開発したのですが、十分ゆきわたりませんでした。九九式も一発ずつボルト操作をする式で、自動小銃じゃありません。九九式は弾が大きいから反動が肩にきて、三八式の反動の物柔かさをなつかしく思ったことがあります。

第一次世界大戦で、欧米の軍備は一変しましたが、日本は全面的な参加をしていませんでしたから、後年、兵器はもとのままで第二次大戦に参加するのです。軍部は国民に対しては〝世界一の陸軍〟といったような宣伝をしていましたが、兵士の練度はともかく装備の点では二流、ときには三流でしたろう。

宇垣軍縮というものがありました。その前に大正十一年（一九二二）、第一次軍縮として将校二千二百数十人をクビにし、大正十四年、宇垣一成《かずしげ》陸軍大臣は、二十一個師団のうち四個師団を廃止した。浮いた金で陸軍の近代化をすすめた。

それまで日本陸軍には一挺《ちょう》の軽機関銃（ポータブルの機関銃）もなく、日露戦争のままの装備でした。宇垣軍縮以後、歩兵一個小隊（小隊は四、五十人）に四挺の軽機（一一年式）がつくようになりました。それに擲弾筒《てきだんとう》が数挺。これが大正末年から昭和初期までの〝軍の近代化〟で、このまま、はるかのちの太平洋戦争終了までゆくのです。

昭和十四年、ノモンハン事変がおこるのですが、歩兵連隊長のひとりの須見新一郎大佐は、戦場で圧倒的に機械化されたソ連軍に接し、「われわれは元亀《げんき》・天正《てんしょう》（織田信長の時代）だと思った」と戦場での実感を私に話してくれたことがあります。軍のえらい人たちはこれで世界を相手にしての戦争をしようと思ったのですから、昭和の日本軍閥というのは、日本史にも、世界史上にもない感覚のひとびとでした。

まだ、自動小銃がなかったということについてふれていません。理由は、湯水のように銃弾が出るため、貧乏な日本陸軍としては装備する気にもなれなかったということです。

それよりさきに、前述の一一年式軽機関銃についてふれておきます。私は昭和十二年に旧制中学校に入ってこの軽機を見ました。陸軍では〝突っこみ〟という故障が頻発する兵器で、評判がわるかったそうですね。たしか安岡章太郎さんも、それについて書くか喋るかなさっていたように思います。銃弾は、三八式小銃と併用です。東京造兵廠《しょう》で設計されたそうで、合理的な箱型弾倉を用いず、銃身後部に小銃弾を三十発、ガジャガジャと突っこむという方式は世界でも類がなかった。箱型弾倉を節約したためで、機能にむりがありました。

要するに陸軍の兵器設計には〝貧〟という要素が入っていて、それが設計のむりをつくっていました。

たとえば、せっかく戦車を造りながら大砲を小さくしたのも、貧乏という要素がそうさせたと思います。小銃や機関銃を射つと、空薬莢《やっきょう》が飛び出します。それを一つでもうしなうと、演習が終ってから中隊が総出でさがすのです。薬莢が真鍮《しんちゅう》だというので、いわば高価だったのです。一式軽機も、一分間の発射弾数が世界のレベルよりも少なかったのは、多く射っても銃身が灼《や》けてきて命中精度がわるくなるから、少ない量しか発射できないようになっていました。

一説では、ノモンハンの戦場で、どこかの部隊が、暮夜、薬莢の回収をしたという〝伝説〟がありますから、まことに貧しい軍隊でした。いまでもニュースなどで、ヴェトナム戦争や旧ユーゴスラヴィアの民族抗争で小銃弾が乱射されていて薬莢が飛び散っているのを見ると、「もったいない」という気分が反射的におこります。

以上からいえば、日本陸軍は本質的に平和であるべき軍隊で、だからこそいまなお、戦争をおこして国をつぶした人たちの頭のなかがふしぎでならないのです。自動小銃という、ホースの水のように銃弾が飛び出す携帯用突撃兵器を、日本陸軍がついに造らなかった理由がおわかりでしょう。

昭和十四年ごろかな、旧制中学の軍事教練の教官が、「外国には自動小銃というものがあるが、あれはつまらんものだ。それにひきかえ、一発ずつボルトを動かす三八式歩兵銃は一念をこめて射てる、一発必中の弾は百発一中の弾よりまさるのだ」といっていました。これが日本陸軍でした。

こんな兵器でノモンハン事変を戦って、七割何分という戦史上まれな死傷率を出しながら、総崩れ現象をおこさなかったというのは感無量ですね。

むろん太平洋戦争も、須見新一郎大佐のいう〝元亀・天正〟で出かけていったのです。どんなつもりでそんな戦争を企画したのか、〝現実無視〟という昭和前期の特徴は、どんな学問でもこれを解明できないのではないでしょうか。

日露戦争に勝利したことが国家滅亡の遠因でした

半藤　「一発必中の砲一門は百発一中の砲百門に勝る」と最初にいったのは東郷平八郎大将でした。どうも日露戦争の終った直後から、日本軍の指導層は自分の弱点を徹底的にごまかしたという気がしてなりません。

司馬　その〝一発必中〟の論理のように、まず自分自身をごまかしたのではないでしょうか。国民や外国に対しては、機密、機密というレッテルで、隠蔽《いんぺい》していました。

おそらくいちばん深刻に国民に隠したかったのは、重油がないということでしょうか。第一次世界大戦から、兵員や兵器や軍艦が石油によって動くようになった。日本は重油を買って備蓄する以外にない国ですから、昭和初年あたりに新聞・雑誌が厳密な論議をしたとすれば、海軍は沿岸警備、陸軍は軽武装というあたりに結論が落ちつくことになったのではないでしょうか。たまたま世界は軍縮の時代で、そういう結論は世界の現実とあわないことはない。

が、在野でそんな議論はいっさいなかった。軍は聖域だったんですね。むろん軍人の時代はまだ来ておらず、東京で将校がブーツをはいて市電に乗ると、足を蹴られたという話が伝説としてのこっています。だから新聞や総合雑誌が、そうした論議をやろうと思えばやれないことはなかったでしょうが、どこか、軍を特別な分野として聖別しておくという気分があって、そうはいかなかったともいえるかもしれません。

ともかくも、重油を買いだめたところで一週間分くらいしかなくて、そんな国が近代的軍隊を持てはしません。そういう決定的な弱点を、いくら軍縮時代といっても、そういうカードを明かせば国民が真っ青になるか、思わぬ反国家思想が擡頭《たいとう》する。そのように危惧《きぐ》した。だから軍の神殿に帳《とばり》をおろして、〝何ごとの在《おわ》しますかは知らねども〟という機密主義の演出をしたのでしょう。

ついでながら、軍縮時代に矛盾する要素として、ソ連のスターリンの五カ年計画というものがありました。昭和四年（一九二九）に第一次が出発し、国家の重工業化がすすめられた。隣接する日本としては、隣家の出刃包丁を研ぐ音をききながら、世界の風潮とともに軍縮をすすめるという時期で、世界史的にみれば、昭和初年の日本ほど、二つの気圧の谷間にいて、ふしぎな偸安《とうあん》を楽しんでいる状態の国はなかったでしょう。重武装化をすすめるソ連をもし刺激点としてえらべば、いつでも日本は反転して軍国化に転ずべき外的要素を持っていましたし、げんにそうなりました。日本という地理的位置は、ヨーロッパやアメリカにくらべると、常に困難な場所にありますね。いまもそうですが。

軍の秘密主義にもどりますが、当時の陸軍は、相手に対して有利な兵器があるとか実効ある戦略があるとかいうことで妙な秘密主義をとったのではなく、弱点を隠すためにそのようにしていたんですね。

国家でも人間個々でも、真のつよさというのは、平気で自分の弱みというカードを見せるという精神からくるものでしょう。フランクというのは最大の魅力で、そういう精神があれば国も人も自滅することはありませんけど。友人もできるし、第一、国民が理性的に結束します。

おっしゃるように、日露戦争に勝ってから日本は変になった、と私はかねがね思っています。むろん負けていたら大変で、ロシア→ソ連→ロシアの植民地になっていたでしょうけど。

しかし、勝ってから虚勢を示す国家になった。この虚勢が、一九四五年の国家滅亡の遠因でした。日露戦争は、海軍はべつとして、満州における陸軍は危うかったんです。もう三カ月、戦争がつづいていれば逆転したかもしれないほど、危うかったんです。そのことを戦後、正直に公表し、オープンでもって歴史として大いに検討していれば、昭和になってあのように国家がいびつにならずにすんだでしょう。しかし、軍は当時の本質を隠しました。理由は、帝政ロシア（のちソ連）が復讐のためにもう一度やってくることをおそれ、弱点を隠してしまったんです。

しかも、もし玲瓏《れいろう》たる率直さが当時の日本にあったら、どんなによかったでしょう。率直は、いいですね。個人でも団体でも。

半藤　そういう態度がまた、ユーモアを生んだり、余裕になってくる。

司馬　ほんとだなあ。ユーモアが生まれると言語が磨かれますね。やがて日本語がきれいになって、すばらしい日本語として育ってゆく。そうでない日本語が官僚言語ですね。弱点を隠すためにできている。

半藤　「よってもって」とか「善処する」とかですね。ほんとうは、開戦に際して海軍が「実は米英が相手では勝てない」と隠さずにいえばよかったわけですね。

司馬　そういってこそ愛国者だし、勇者だし、真に軍事の専門家だったといえますね。ただ、そのようにいってしまえば、その人は右派に殺されたでしょう。愛国ということは、ああいう状況では、殺されることなんですけれどもね。

海軍としては、日露戦争以来、国民の予算をふんだんに食ってきた。陸軍は薬莢一個うしなっても、千人でさがすという、爪に火をともすようにして小さな予算で食ってきた。海軍は比較的大きな予算がある。太平洋戦争に踏みきるかどうかのとき、海軍が「海軍は米英をむこうにまわしては勝てない」といってしまえば、いくら夜郎自大の陸軍首脳でも開戦へ押しきるわけにはいかなかったでしょうが、海軍はいいませんでした。海軍の面子を、国家の安危より優先させたのです。いまでもそんな事象はいくらでもあります。所属分野のナショナリズムが、愛国への跳躍をはばむのです。

陸軍も陸軍だと思います。将官といえば諸価値（ジェネラル）の総合者なのに、彼我の海軍についての本質把握というものをしていない。たとえ海軍が隠していても、その程度はわかるべきなんです。海軍に四百の艦艇があったところで、米英海軍を相手では一海戦で終ってしまう。それは、海軍はフィリピン沖から米連合艦隊が北上してきたとき、対馬付近に待ち伏せして大会戦をやるという想定で海軍建設をしつづけており、戦場が太平洋一円にひろがればどうしようもないというリアリズムがある。そういうことは、陸軍の将官ともなれば軍事一般の専門家ですから、知っておくべきでした。もし海軍が、戦争はやれない、と陸軍にいえば、陸軍はきっと総会屋ふうの論理で、「それでは国民の税金のムダ遣いだったのか」といってくるでしょう。それを海軍は本気でおそれた。双方、ユーモアも何もなく、カードの隠し合いでした。そのあげくの滅亡です。

半藤　ほんとうに海軍はおそれたみたいですね、陸軍に「お前たち、何をやってるんだ。それならこれからは予算を減らすぞ」といわれるのを。敗戦後もそれを隠して、もし海軍がノーといったら内乱になったろうから、やむをえなかったといってるんですからね。

司馬　そのときに弱みを平気でいえた人がいたらえらいんですがね。相手がもう少しものわかりがよかったら、あるいはいえたかもしれません。ところが陸軍は、もうわけのわからん連中でして、しまいには海軍から「けだもの」とまでいわれたほどで、「けだもの」に何をいってもムダだと……。陸海双方とも本筋から離れたところで、罵詈雑言《ばりぞうごん》をいいあっていたわけですから、何をかいわんやですね。

半藤　古賀峯一連合艦隊司令長官が怒りをこめて歌ったという歌が、ひそかに海軍の中にいいつがれていました。「世の中にもしも陸軍なかりせば人の心はのどけからまし」と。

司馬　ははは……。その隠すということから、いま面白い話を思い出しました。外国から都市美観のえらい先生方がこられたとき、貝塚茂樹さんが京都を案内して清水坂に行ったときのことです。「これはすばらしい美観だ」といって外国の先生方がほめた。「もっとも、電柱がいけないね」ということになった。そのとき貝塚さんは少しも騒がず、「いえ、日本人には見たくないものは見ないという特技がある」と（笑）。

貝塚さんによれば、南画は人間の理想を描いたものだ、と。きれいな山水のなかに庵が一つあって、その座敷で人間がごろりと寝ている。そういう南画的理想境を脳裏に浮かべるには、眼前のモノ――電柱やらビルやら――を消去するという特技が必要です。日本人にはそういう能力がある、といったのですが、外国人の目にはビルも電柱も見えていますから、その人たちは貝塚さんの言葉に戸惑ったでしょう。戦前の陸軍は三八式歩兵銃を画題に無限の理想的自我をえがき、海軍もそうだったのかもしれません（笑）。そうでなければあんなバカな戦争をやるはずがない。

商売の話でいえば東京式がいちばんです

半藤　戦艦大和や零戦に無限の理想的自我を夢みたんですね（笑）。ところで、さっきのカードを隠すということに関連しますが、どうも日本人には〝言葉〟がないんじゃないか、外交が下手なのも〝言葉〟を持たないからではないか、という気がいたします。たとえば日露戦争後のポーツマス会議でも、ロシア全権のウィッテの記者団との対応など、実にうまいですね。ところが日本側は「話すわけにはいかん」の一点張りで、日本びいきであったアメリカの世論まで変ってしまいます。何となく日本は〝言葉の国〟だと思わされてきましたが、ほんとうに日本は言霊《ことだま》のさきわう国なのでしょうか。

司馬　痛い問題ですね。私など言葉を仕事にする人たちの端くれにいますから。近代日本の言葉というものは、実は西欧の言葉に追いつく上で実に努力をした。しかし、それは文章表現の上だけでした。むろんそれだけでも偉大です。明治期いっぱいで改造した日本語でもって欧米文明をほぼ完全に受容したんですから。ただ、そのことは文章にとどまって、日常茶飯の言語とか外交上のかけひきの言葉にまでは及ばなかった。こんにちはちがいますけどね。お角力《すもう》さんをふくめたスポーツの世界でも、ウィットやユーモアに富んだ名言がときどき出る世になりましたから。もっともたいていの名言は、さきにふれたように、当人が正直な場合にのみ出ますが。

ただ、ポーツマスでの小村寿太郎はよくやったと思いますよ。小村という人は非常に賢い人で、自分の言語を持った人でした。それで、自ら望んだわけでもない全権に選ばれ、日本から送り出されるとき、伊藤博文が手をつかんで、「きみは日本に戻れないかもしれない」と涙をこぼしたといわれています。

日露戦争は日本のまさに惨勝《さんしょう》でした。費消した戦費は十九億円を超え、戦前の通常歳出の八カ年分に達していた。そして、満州における戦場では、もう一回、会戦したら総崩れになるというところまでいっていました。弾薬も尽き、有能な将校はほとんど死んでます。すべて尽きました。あとはただ見せかけの兵力が展開しているだけです。ハルビン付近に大兵力を集結して仕切り直しをしているロシアに対して、それを隠さなければいけない。当然のことながら、日本国民にも隠しました。この隠蔽《いんぺい》はむりもないと思います。

ウィッテはこの事実を全部知っています。だからウィッテは自由にふるまえた。ところが小村は手足を縛られて不自由なんです。もし小村が正直に「われわれはもう国力のぎりぎりまできている。だから賠償金を取ろうとは思わないが、樺太の半分くらいくれ。そうでないと、戦勝に酔っている国民のもとへ帰れないんだ」といったところで、ウィッテは「イエス」とはいわないでしょう。ですから、あのときは不正直を貫くしか仕方がなかったんです。

そんなことなどまったく知らないまま、日本国民は勝った、勝った、と有頂天になっている。ともかくも国民の熱狂が政治家の足かせになっていた。講和締結後、その果実が小さすぎるということで、〝愛国的国民〟があちこちで暴動をおこしますね。いやな光景ですな。東京では死傷者五百人以上を出している。内相官邸や小村外相官邸への襲撃もありました。

半藤　東京の交番の七割以上が焼き討ちされました。そして戒厳令が布かれています。

司馬　無知ともなんともいいようがない。国力はもうすっからかんになっていて、もう一度、会戦をやったら満州軍は総崩れになる。政府はそのことを知っている。しかし、国民は型どおりのことしか情報を持っていない。日本海海戦で海軍は大勝利だ、これで万々歳だと……。しかし、これ以上、戦争が継続されればさきゆきは真っ暗だという情報はまったく持っていない。

そういうときに、戦勝国としてこの戦争を高く売りつけるための交渉にいくわけですから、小村にしてもあれが精一杯だったろうと思うんです。むろん談判を決裂させたら大変で、国が亡んでしまう。といって国家的体面があるから譲るに譲れない絶対条件がある。結局は、弱みというカードを隠して強硬に出ざるをえない。

ウィッテはその日本の弱みを知っている。アメリカも知っていたんです。ところが日本国民だけが知らずに、戦勝を高く売りつけよ、と熱狂している。日露戦争後、このポーツマス会議の経過を丁寧に省みて、戦争の実相をきちんとあとで国民的常識にしておいたら、太平洋戦争はなかったと思いますよ。

半藤　国民は事実を知らないまま講和条約の結果に怒り、一等国になったと鼻高々になって、亡国の小村全権はすみやかに切腹せよ、などとムシロ旗を押したてて新橋駅を取り巻きます。小村さんが帰ってきて駅に着いたとき、桂太郎首相と山本権兵衛海相が両側から小村の肩を抱いて「死なばもろともだ」といったという。

司馬　現実感覚をうしなった国民のうぬぼれが日本をわるくしたんです。もう日露戦争後は全部わるくなっていく。戦勝後に、新聞、雑誌、それから教育の現場で、実はこうだったと真相を教えるべきでした。真相というものを、軍が秘密にして秘密にして、国家もリアリズムだ、という感覚を持たない陸軍や国民をつくって、アジアを巻きこみつつ国を亡ぼしてしまいました。

もっとも、変な貧乏リアリズムはあったんですよ。陸軍の歩兵部隊では、たいていの新兵が、古兵から「一一年式軽機は六百五十円（昭和十二年の段階）もするんだぞ」ときかされたはずです。家なら千円で建つ時代です。私など、入隊すると、「この戦車（九七式中戦車、略称チハ車）

は三十五万円もするんだぞ」ときかされました（笑）。だから大切にせよ、という教訓的リアリズムでした。ついでながら、そのとき戦闘機は七万円、爆撃機は二十五万円ときかされました。まあ、そんなことはともかく、人間にはいかに考える材料が必要か、情報というものが必要かということですね、そして、その情報は庶民が持っていなければいけないのです。

半藤　カードを隠す、情報をできるだけ秘するということでは、この国は現在もあまり変っていないのではないですか。

司馬　そうなんですね。ちょっとくだけた話、商売の話でいいますと、東京式の商売は書生っぽくて、比較的手の内を明かしますね。大阪式は古くさくて容易に明かさない。おしまいまでヤッサモッサいって、ねばる。遅れているんです。名古屋の商売はもっと遅れている（笑）。四つ目に京都式がありますが、京都はちょっとちがうところがありますね。

いまは東京式がいちばんいいんです。原価いくらで買ってきたから、私のほうはこれだけの利幅をもらわなければ商いがつづきません。ここまでは値引きできますが、ここからはダメです、と正直にいったら話は三分で終ります。それを三日も四日もヤッサモッサやってる大阪式、一週間もやってる名古屋式というのは実にムダだし、当人たちはそれが商いの玄人だと思っているかもしれないが、こんなやり方では信頼関係が結ばれにくい。東京式だと、前のときにずいぶん苦労させたから、今度はちょっといい目をみせてあげようかといって、次の商売がふくらんでいくでしょう。もっとも、世界にはイラン式やユダヤ式があって、これは気の遠くなるほどにねばるそうですが。

商業取り引きのことだけをいっているのではなくて、これからの人間の社会、つまりアジアや世界の国々との外交の関係もそうあるべきものかもしれません。国際関係は、スポーツのようにやってゆくことが、将来はスタンダードになっていくと思うんです。

話が余計な方向にそれました。半藤さんは昭和軍事史の大家だから、つい話がそんなふうなことどもになりました。

九　清張さんと昭和史

朝鮮でのヨーチン体験

前章は司馬さんの八月十五日について語りました。祖国敗亡の日に、若い司馬さんが何を思い、それがのちの作家活動にどう影響したことか、そんなことにふれました。司馬さんの場合は、出発の原点になったようです。

この章は清張さんです。大正十二年（一九二三）生まれ二十二歳の司馬さんと違って、清張さんは明治四十二年（一九〇九）生まれですから当時三十五歳。敗戦を朝鮮半島の全羅北道《チヨルラ》の井邑《チヨンウプ》というところで迎えています。昭和十八年（一九四三）に、日ごろの軍事訓練参加に不熱心のため、という理由で三カ月間の教育召集をうけ、第四十八連隊に入隊しまして、翌十九年に再召集され、二等兵として第二十四連隊に入隊する。この部隊はニューギニアへ送られる予定のまま、朝鮮防衛の軍となって現地にとどまり、清張さんは敗戦までの一年間を衛生兵として勤務しました。階級は上等兵にまで進級、そして終戦後、その年の十月末には、本土送還で日本に帰って、元の職場の朝日新聞社広告部に復職しています。

こうしてみる通り、すでに新聞社で職業人として自立していた老兵の清張さんは、現実的にも観念的にも、国家敗戦によるショックはほぼ人並みであり、若い学徒兵の司馬さんとは異なり、とくにそれによって戦後の生き方に大きな転回や反省をもたらす要素は少なかったように思われます。それで、ご本人には、何か国家のために役立つことを一つもせずに無事帰還した兵隊、といった感じがちょっぴりあったのが、可笑しいくらいでした。

それこそ面談数十回というのに、いまでも不思議に思えるくらいに、清張さんから戦中のもろもろを聞かされた記憶があまりないのです。軍隊生活の愚劣さ、上官たちの無法さ理不尽さ、下士官の鉄拳制裁、参謀たちの阿呆さといった話など、いわゆる「真空地帯」時代のことを、清張さんはほとんどしなかったのです。ときには口にすることもありましたが、どこにでもあることで、語って面白いことなんか一つもない、と切って捨てておりました。

「それに衛生兵というのは、戦場ならともかく、兵営では一種の特殊な存在、兵隊にして兵隊にあらず、両棲動物みたいなもんで。それに特権もあってね。いざ怪我や病気というとき大事に扱われたいと、兵隊はみんな思うからね。で、あまり殴られたりすることもなく、大いに助かった面もある」

と少しばかり照れながら語ってくれたこともありましたが。短編『任務』には、当時の体験が描かれていています。

軍隊での、衛生兵のアダ名は「ヨーチン」というのです。何でも治療の薬はヨードチンキだけで処理するところからきた軍隊用語ですが、無論、本科の兵隊が衛生兵を一人前の兵隊として見ない、一段にも二段にも見下げた呼び名でした。私の胸に貼りついた濃い草色の小さな山型が、その屈辱の表徴でした。

しかし、医務室は本科の兵隊より衛生兵達がわずかに持ち場の誇りを味う場所でした。（……）此処では、上等兵でも、おいヨーチンとも云わず、こら、衛生兵、とも云いませんでした。彼らは弱い声で、衛生兵殿とよんでくれました。

清張さんはここで上官たち権力をもつものの横暴さや無責任性を実体験しただけではなく、実は、兵隊たち底辺にいるものの俗物性や狡猾さをもしっかりと見たのですね。軍隊生活のなかにある人間社会の、不平等で弱肉強食の醜悪な一面をも確認した。それでも軍隊生活のほうがましだったと、『半生の記』にも書いています。

（……）この兵隊生活は私に思わぬことを発見させた。「ここにくれば、社会的な地位も、貧富も、年齢の差も全く帳消しである。みんなが同じレベルだ」と言う通り、新兵の平等が奇妙な生甲斐を私に持たせた。朝日新聞社では、どうもがいても、その差別的な待遇からは脱け切れなかった。（……）

兵営生活は人間抹殺であり、無の価値化だという人が多い。だが、私のような場合、逆な実感を持ったのだ。

（「紙の塵」）

ここが大事なところかと思います。清張さんにあっては、軍隊も平和な社会も、同じように不平等かつ醜悪なところなのです。大して変りはない。特権階級は特権階級なりに、下層階級は下層階級なりに、それぞれがエゴイズムを発揮して、相手を蹴落とそうとごそごそとうごめいている。自分もまたその一員です。そこにあるのは狡猾さと卑劣さと利己心ばかりで、そして競争に負けた弱者はつねに差別的な制裁をうけつづけている。よくいわれる清張さんの「底辺からの視線」とはそうしたリアリズムに立脚したものなのです。

「黒い霧」の語るもの

清張さんの人間観・社会観つまりは歴史観は、そうした体験に裏打ちされて形成されたところがあります。司馬さんのように上から俯瞰するのではないんですね。地べたを這うように、草の根を分けるようにして見るんです。ごちゃごちゃと微細なところまで分け入るのです。人が理解しようがしまいがいっさいお構いなしのところがあります。人は清張さんを「底辺の庶民や棄民の目から、権力の横暴を憎むローアングルの作家」と評していますが、間違いとは言えないまでも、正しいとは言いきれない。それだけのものではないのです。編集者時代のわが友岡崎満義氏がいうように、たとえば、昭和四十年代の全共闘にたいして、清張さんはほとんど関心を払わなかった。自己否定などという観念的なスローガンは、その徹底したリアリズムの精神をかすりもしなかったのです。

こうした社会観・人間観からは、占領下の戦後日本の混沌未分、頽廃と失意と猥雑と貧困な世相こそが好個の主題に思えてくるのは、いわば自明の理といってもいいかと思います。社会派の作家としては、混乱した世相下につぎつぎに勃発した不可思議な事件にたいして、嫌でも食指が動くというものです。昭和三十四年に書かれた『小説帝銀事件』がその出発点となる作品ではなかったか。これが「文藝春秋」に連載されて、その年の文藝春秋読者賞を貰う。これがまた、清張さんを元気づけました。

が、同時に、こうした社会的なネタを追及していくと、作品として小説の形をとることに、何となく飽きたらないものを感じざるをえなくなった。そうに違いない。小説にすると、どうしても多少はフィクションを入れる必要がある。しかし、フィクションの部分を入れると、調査の結果判明した幾多の事実もフィクションと見られる恐れがでてくる。

とりも直さず、事実の重みを直視していると、絵空事をまぜながら真実を描くという小説なるものが、ばかばかしくも生ぬるいもののように思えてきたのではないでしょうか。それよりは、調べた材料をそのまま出して、その上に立って作者の判断や推理を書いたほうが、ずっと迫力もあり真実に接近する。清張さんはそこに行きついたのでしょう。

早くいえば、事実としての社会悪・人間悪を直接に糾弾したい、という欲求が生まれてきた、といえましょう。小説を書こうと思って取材しているうちに、これはむしろ事実として世に問わないと作家としての責任が果たせない、そう感じさせる事件にいくつも直面した。そうなると、意欲的な清張さんははっきりとノンフィクションというジャンルを意識するようになる。社会派推理から社会的事実告発への飛躍というわけです。

『日本の黒い霧』の連作は、そうした明確な作家的使命感から生まれたものと思われます。『小説帝銀事件』を調べているうちに、その背景にＧＨＱ（占領軍総司令部）が関連していることが、次第に明らかになる。ひきつづいて下山事件を調べた結果、ここにもまた、同じ影が見え隠れする。いや、むしろこの事件そのものが占領軍の大きな謀略ではないか、と考えるようになった。こうして『黒い霧』がつぎつぎに書かれるようになったのです。

下山事件、もく星号事件、昭電事件・造船疑獄にはじまって、松川事件、レッド・パージ、朝鮮戦争の十二編からなるこの作品は、日本のノンフィクションの新生面を切り拓きました。反面で、占領下の不思議な事件を何でもかんでもＧＨＱの謀略としている、という非難が一部から出されました。当然出てくる見方でありましょうか。それの代表が作家大岡昇平氏の批評でした。「松本にこのようなロマンチックな推理をさせたものは、米国の謀略団の存在に対する信仰である。つまり彼の推理はデータに基いて妥当な判断を下すというよりは、予め日本の黒い霧について意見があり、それに基いて事実を組み合わせるという風に働いている」（『松本清張批判』）

清張さんは、これには反論を短く発表しまして、やや慎ましくこれに応えています。

「（……）『日本の黒い霧』における私の推論が、悉《ことごと》く最初に既成観念があって、それから派生して書かれたものだという云い方である。これもおかしなことで、私は、占領中に起った諸種の事件の中で、アメリカ謀略関係の手の動いたものだけを集めたのだ。つまり、帰納的結論が出て、その種類のものを一冊にまとめただけだ。同傾向の短編小説集を編むのとちっとも変りはない。本末を転倒されては迷惑である」（『大岡昇平氏のロマンチックな裁断』「群像」昭和三十七年一月号）

清張さんの本音であろうと思います。「占領軍の謀略」というコンパスを用いて、すべての事件をスッパリと割り切ったのではない。そのことについては、清張さんの口から何度も同じ主張を聞かされました。たしかに、なかには謀略ときめつけるにはいくらか強引なもの、あるいは虚実未詳のものもあると思います。が、データを客観的に取り上げ、丁寧に配列してなぞを埋めることで、空白の部分がいつしか見えてくるといった方法は、そのあとにつづく私たちに大いなる教訓を与えてくれているのです。

『昭和史発掘』の素晴らしさ

虚構で語ったのでは、事件の真実に肉迫できない、という清張さん流のドキュメンタリーの手法は、さらに昭和史の未知の部分の推理へと進み、大きく花を開きます。言うまでもなく、十三巻の『昭和史発掘』です。なかでも『二・二六事件』の全三巻は、それまでのこの事件にたいする見方を変えた傑作といっていいと思います。ある種の好悪の感情や特定の思想的立場からの言説は、完全に吹き飛ばされました。『昭和史発掘』を執筆するにさいして、清張さんはこう書いています。

敗戦後の米占領期や、その後のことを少し書いていると、どうしても戦前の時期にふれたくなってくる。歴史は水の流れと同じで、区切ることが出来ないからである。昭和前期の現代史を書きたいというのが私のかねての念願だったが、（……）なるべく知られない材料を使って、変った書き方にしたいと思っている。

（「週刊文春」昭和三十九年六月二十九日号）

この『昭和史発掘』は「週刊文春」で昭和三十九年七月から連載が始まり、昭和四十六年四月まで、実に七年近くに及んだもので、前半は幅広いテーマを集めています。「石田検事の怪死」「北原二等卒の直訴」「佐分利公使の怪死」という、あまり世に知られていない事件の真相。「陸軍機密費問題」「三・一五共産党検挙」「五・一五事件」などの政治的な事件の解明。「スパイ〝M〟の謀略」のような推理小説をしのぐ興味あふれるもの。また、文学の話題も三編が入っていますが、後半は二・二六事件にあてられ、結果としては、二・二六事件の全容を明らかにするために、前半の諸事件が布石されたような恰好になっています。わたくしはそのうちの後半の三年ほど、つまり『二・二六事件』の全部に、週刊誌編集部のデスクとして、直接にタッチしました。

身びいきで言うわけではありませんが、事実を広く収集し、当事者の肉声をできるだけ集め、それをきちんと整理し、固定観念にとらわれることなく、自分の頭で考えやさしく語る、それ以外に昭和史を書くことはできない。そのことを、清張さんはこの作品で具体的に教えてくれたと考えています。

当事者や関係者を丹念に取材しての史実の確認、新証言の発掘、できるかぎり未発表の、しかも信頼のおける史料の発見と、言うことはたやすいですが、いざとなれば大変です。とくにこの作品では、反乱側とそのシンパの文書だけではなく、鎮圧側の諸記録も多数引用、事件に参加した現存の下士官兵百五十人からの取材も詰まっています。これが、いままでの上層部からだけ事件を見るやり方に、一つの批判を示すことになっています。この大変な取材活動を清張さんとともにやったのが、いまの松本清張記念館の館長藤井康栄さん。彼女なくしてはこの大仕事はやり通せなかった。彼女は当時わたくしの部下であったわけですから、その苦労のほどはよく存じているわけです[*1]。

その結果として、正直に言って、二・二六事件はこの書を読めばすべてわかる、真実を知りたいならばこれを読め、というわけですね。なるほど、その後にもいくつかの新資料が発見されて、ときに大騒ぎを起こしていますが、だからといって、この本の真価は毫《ごう》も揺るぎません。骨格に特別の影響を与えてなんかいない。

たくさんの新事実があるのですが、一つだけ、忘れることのできない話をさせてもらいます。

反乱軍側には、宮城を占拠して、昭和天皇を自分たちだけで確保し、天皇の意思において局面を有利に動かそう、という極秘計画があった、という事実なんです。[*2] 清張さんもいくらかは誇らしげに書いています。

（……）それは中橋基明による近歩三の部隊を赴援隊と詐称して宮城に入れ守衛隊本部を占領、各門を閉鎖して重臣や要人の参内を阻み、天皇を擁することであった。この計画の存在については従来現代史家も類書もふれていない。少数の兵力でも占領地に頑張っていていくらでも強い要求ができる。維新の際、木戸孝允が品川弥二郎あての手紙に書いたように「甘《うま》く玉《ぎょく》を我方へ抱き奉り候御儀、千載の大事」であって、これが成功すれば、決行部隊はほとんど万能に近い威力を発揮したであろう。

それがなぜ成らなかったか。そこが歴史の面白さなんでありますが、そのへんのところは清張さんはまことにうまい。ヴィヴィッドに描いています。社会派にして人間派の推理の妙味というところなのでしょう。これは読んでいただかなければ、いくら説明してもわかってもらえないところなんですね。

清張さんはこの長い連載の終わった直後に、二・二六事件を書いたことの心づもりを、文藝春秋「文化講演会」で語っております。少々長くなりますが、引用してみたいと思います。わたくし自身がこの講演を聞いたとき、そんな深い思いが清張さんにはあったのかと、驚いたものでしたので。

この二・二六事件は、私の仕事のうちでもまあ大事なものの一つになっているのではないかと思っております。なぜそんなに力を入れたかと申しますと、今申しあげたようにこれからの日本の行く道に一つの警告の意味をもって書いたつもりであります。将来のことですが、ある日突然、大きな事件が起るかもしれない、そうして徴兵制ということになるかもしれません。私は、これは若い皆さんに何も恐怖を与えるために申しあげているのではございません。現実的にそういうふうになるかもしれないということはよく考えていただいて、イデオロギーとか、主義だとかそういうようなことは抜きにしても、最低限の民主主義的な気持は守っていただきたいということは申しあげたいのであります。

（「オール讀物」昭和四十六年七月号）

天皇と昭和史の問題

さて、最後に、七章でちょっとふれた天皇中心の政治制度の問題について、です。

わたくしの編集者時代の友人の岡崎満義氏が言うように、「清張さんは現実的にこの世を支配し、動かす力に、限りない興味を抱いた作家」で、それはなにも上層であろうと、底辺であろうと、あまり関係ないのではないでしょうか。司馬さんは作品の上で、つねに颯爽とした人を愛し、付き合った。合理的な精神をもった先見性のある人たちに限りない友情を抱いたと思います。たいして清張さんは、策謀の多い奴、権力を悪用する奴、金の力にものを言わす奴、そんな悪人たちと付き合うことに何の痛痒《つうよう》も感じなかったんです。

その意味からは、戦前の昭和天皇その人を、それこそリアリスティックに、「パワーポリティクスの駒の一つ」と観じたただひとりの人、それが清張さんであったといえるかも知れない。[*3]『二・二六事件＝研究資料』第三巻から引用してみることにします。

――磯部（浅一）は、天皇個人と天皇体制とを混同して考えている。古代天皇の個人的な幻想のみがあって、天皇絶対の神権は政治体制にひきつがれ、「近代」天皇はその機関でしかないことが分らない。天皇の存立は、鞏固《きょうこ》なピラミッド型の権力体制に支えられ、利用されているからで、体制の破壊は天皇の転落、滅亡を意味することを磯部らは知らない。（……）天皇をデスポット的にしたり、近代国家の君主にしたりするのは、体制の状況判断次第だからである。

あるいは、こうも書いています。

天皇制のもとでは、その国家体制に利益する場合のみ、天皇個人の古代神権の絶対性が発揮される。もしそれに反した場合は天皇制のもとにそれは封じこめられる。二・二六事件の場合はその後者の顕著な例である。(……)二・二六事件の叛乱将校に憤激した天皇も、事件後は軍部の妖性の前に無力化した。それが天皇制の本質というものである。

天皇というものを、文化あるいは宗教の問題として政治の外に置いている論は、きわめて一般的なのです。司馬さんがいうところの「空」ということです。ある面では正しいのですが、しかし、明治以後の天皇の位置はそれですまされない面を多くもちます。軍の棟梁《とうりよう》としての大元帥《だいげんすい》の役割がそれに加わるわけですから。清張さんはこのややこしい問題から逃げようとはしていません。政治上の、軍部天皇制においては大元帥の統治上の問題として、あくまで考えようとした清張さんの真摯《しんし》な姿勢がはっきりと認められます。

七章の司馬さんのときに申しましたとおり、昭和史の諸問題の根源には「天皇陛下」と「大元帥陛下」の二重性がつねにある、とわたくしは考えています。清張さんのいうことなのですが、昭和十年代には、政治も軍事も官僚化し、要所の人が変わるたびに責任の所在は転々とし、曖昧となり、拡散し、または変質します。太平洋戦争への道はまさにそうでした。こうして軍・政治の司々《つかさつかさ》が変移するたびに、天皇の意思が明確にでたり、消えたり、まったく見えなくなったりします。代りに大元帥の意思が突如として表面へ出てきたりします。

実は、この問題への冷静な研究なくしては日本の現代史は書けないのではないか、わたくしはそう思っているのです。

＊1　藤井康栄さんの献身的な取材と新資料発掘の努力については、いくら賞揚してもしたりないほどなのです。ここには参考として、彼女の語った当時の思い出話を少し紹介しておきます。

「〔「週刊文春」に連載していた小説の〕『別冊黒い画集』は昭和三十九年四月に終わりました。そして七月には、『昭和史発掘』が始まっています。何と準備期間はわずか二カ月しかなかったんです。後年、大がかりな専門チームをつくってノンフィクションの取材をするというやり方もでてきましたが、その頃はまだそこまで進んでいない。編集者が一人で作家のアシスタントになって取材をするというのが当たりまえだったんです。(……)当時は若かったし、内心の自負も強かったし、担当だから走るしかない、という気持があって、無理したんですね。でも、あの二カ月は生まれてから今までで最高に勉強しましたね。(……)七年間やって、終わったのは昭和四十六年です。最後は体重が三十四キロを切ったところで解放されました。ちょうど社の五十周年で松本清張全集の企画が出てきて、引続きそちらへ行くことになりました」

まさしくこの通りなので、わたくしがその最後のころの上司であったから、藤井さんの八面《はちめん》六臂《ろっぴ》の猛奮闘には脱帽するばかりでした。清張さんと彼女とはほんとうに良きコンビを組みました。昔の編集者はよく働いたんです。

よく〝松本大工房〟なるものがあって山ほど取材陣をかかえて、その人たちが資料をすべて集めてくる。だから、松本清張は作家なんていうものではなく、タイプライターにすぎない、あれくらいの仕事が出来るわけさ、などと中傷する人がたくさんいます。いったんこんな風評が流れると、なかなか消えないものなんですが、わたくしにはチャンチャラおかしく、いわゆる為にするものの悪宣伝なり、とはっきりいえます。工房なんてなく、ゴーストライター皆無、亡くなるまで清張さんは自分でシコシコ書いていました。そして正真正銘、『昭和史発掘』の取材者は藤井さんひとりでした。（ま、ときにわたくしもお手伝いすることはありましたが）。

＊2　二・二六事件における決起将校たちが意図した宮城占拠計画については、「文藝春秋」昭和六十一年三月号の、生き残りの決起将校（元少尉）の全員集合による座談会で、はっきりとその事実のあったことが証言されました。その座談会はわたくしが司会したものでしたが、貴重な裏付けと思われるので、そのごく一部を引用することにします。

常盤稔「〔占拠計画のことを〕私は知っていました。だから、その朝、兵隊を連れて坂下門まで偵察にいっていますよ。湯川が信号を待っているが、いつまでたっても信号がない、これはおかしいというので、野中大尉が『坂下門までいって、何とか連絡してこい』というんですよ。それでいった。（……）だが、坂下門の様子はいつも通りで、これはおかしい。でも、来たついでだから、参内するのを停めてやれ、と思って、（笑）これが女官の馬車でね。『女官なら、通してやれ』というわけで。まあ、偵察も連絡もできなくて、帰ってきて野中さんに報告した。『どうも中橋さんの計画は失敗したようですよ』と」

湯川康平〔旧姓清原〕「……本庄侍従武官長の存在が大事なのです。本庄さんが天皇に上奏して、そのご内意をうけたら、それを侍従武官府を通して中橋中尉に連絡する、中尉が私に連絡して、わが歩三〔歩兵第三連隊〕の大部隊が堂々と宮城に入り、昭和維新を完成する、これがあらかじめ組んだプログラムだったんですよ。つまり中橋さんは連絡係。まあ、万が一の場合は守衛隊司令官を倒すことは覚悟していたでしょうが。しかし、基本は統帥命令で動くということです。天皇から侍従武官長へ、武官長から中橋中尉へと。『だから、お前、大丈夫だよ』というのが、決起直前の安藤大尉の話でした。（宮城へ入った）赴援部隊が実弾をもたなかったというのも、それです。中橋さんも統帥命令で動けると考えていた証拠なんです」

決起将校が、つまり大御心にまつ、天皇はわれらが味方であると、勝手に思い込んでいたことがよくわかると思います。その大御心のもとに宮城を占拠して門を固め、暫定の維新政府をつくり、国家運営の舵をとる。それが最大の狙いでした。そのために、宮城へ入れてもいいものに限って、三銭切手を持ってくるようにあらかじめ通知してあった、とも言うんです。

湯川「宮城占拠計画も、つまりそれをやり易くするため、雑音を入れないためのものです。本庄さんが天皇に奏上し、許しをえて川島陸相や真崎さんをさっさと参内させる。そうして磯部さんから何まで全部ゾロゾロと宮城内に入る予定です。ところが、陛下に叱られて本庄さんが動けなくなった。陸相や真崎さんは、待てど暮らせど本庄さんから連絡がないから、自分の方からは動かない」

常盤「つまり陛下が二・二六事件を失敗に追いこんだということですね」

昭和天皇の怒りがすべての計画をホゴにしたことは明らかなんですね。

＊3　この「パワーポリティクスの駒の一つ」という点について、別のところで清張さんが書いている一文を、少々長くなりますけれど引用しておきたい。

「……ところが〔二・二六の〕決行将校らはこれ〔天皇官僚体制〕に気づかず、ただ動機の純真を信じて、何ら官僚体制側と連絡をとらず（かれらを腐敗分子と考えたから）、求心運動とは逆の遠心運動となり、その分離の果てが宇宙に飛散した。

そうしてそのエネルギーで利用されたものは、戦争を用意するために国内への脅迫としての武器である。

官僚体制の特徴の一つは、集団制にある。責任の所在の不明確な点だ。そのポストにある限りは責任を持つが、ポストが変ると、後任者にそれを任せる。引き継ぎはするが、それ以上のタッチは分限を超えるものとしてさしひかえる。かくて人事異動のたびに責任の所在は転々とし、曖昧となり、拡散し、または変質する」

そういう官僚体制下にあって、天皇の立場というものは――。

「戦前の軍部天皇制にあっては、天皇は統べているが、要所は司々に委ねている。その司々が絶えず変移する。方針が変異する。その責任の所在は不明である。統帥する者は困惑を極めざるを得ない」（『文藝春秋に見る昭和史』「私観・昭和史論」）

つまり「駒の一つ」でしかなかったことになるわけです。戦前日本が「天皇の名のもとに」底知れぬ無責任と、驕慢な無知と、根拠なき自己過信の軍部指導者によって、いかに国家方針がねじまげられていったことか。そのプロセスで天皇がいかに困惑するばかりであったか。清張さんはわかりやすく説いている、といっていいと思います。

十

『日本の黒い霧』をめぐって

大岡昇平氏の批判

『日本の黒い霧』に関しては前章でふれましたが、もうちょっと詳しく述べておきたいところがありますので、以下にダブルことになるのを承知で贅言を連ねます。というのも、この作品にたいしてはいまも厳しい批評、一言でいえば「あまりにも意図的である」「反米的でありすぎる」というようなことをいう人が多いからです。

それに関しては、昭和三十五年の「文藝春秋」連載の当時から、かなりの反発があったようです。それで連載が完結した直後に清張さんは、「なぜ『日本の黒い霧』を書いたか――あとがきに代えて」と題して、そのことについて書いているのです。

「……だれもが一様にいうことは、私が反米的な立場からこれを書いたのではないか、という問い方である。これは、占領中の不思議な事件は、何もかもアメリカ占領軍の陰謀である、という一律の観念の上に私が片付けているような印象を持たれているためらしい。そういう印象になったのは、それぞれの事件を追及してみて、帰納的にそういう結果になったにすぎない」（「朝日ジャーナル」昭和三十五年十二月四日号）

ただし、この説明はあまり多くの人の目にふれることがなかったらしく、その後もずっと同じような疑問や論評が尾をひいて、清張さんを困惑させていたようです。そして、やがてその代表格ともいえる批評が発表されました。大岡昇平さんが、ほぼ一年後に、雑誌「群像」（昭和三十六年十二月号）に書いた「松本清張批判」がそれです。ここで、大岡さんが清張さんのこの作品をかなり激越に論難いたしました。前章でちょっとふれましたが、もう一度おさらいをいたします。

「〔私は〕松本の愛読者であり、旧安保時代の上層部に巣食う悪党共を飽くことなく摘発した努力を高く買っている。一貫して叛骨とでもいうべきものに愛着を持っている」としながら、「しかし政治の真実を描いたものとは、一度も考えたことはない」といい、さらに大岡さんはこう書くのです。

「私はこの作者の性格と経歴に潜む或る不幸なものに同情を禁じ得なかった。その現れ方において、これは甚だ危険な作家であるという印象を強めたのである」

「松本にこのようなロマンチックな推理をさせたものは、米国の謀略団の存在である。つまり彼の推理はデータに基いて妥当な判断を下すというよりは、予め日本の黒い霧について意見があり、それに基いて事実を組み合せるという風に働いている」

「松本の推理小説と実話ものは、必ずしも資本主義の暗黒面の真実を描くことを目的としてはいない。それは小説家という特権的地位から真実の可能性を摘発するだけである。無責任に摘発された『真相』は、松本自身の感情によって歪められている」

全文は非常に長いものなので、そのうちのごくごく一部をちょっぴりつまんだにすぎません。

それでもかなりきつい言い方であることはわかるかと思います。清張さんのうちにある「ひがみ根性」のなせる業である、という趣旨のことまで記されています。興味のある方は、大岡さんの単行本『常識的文學論』に収録されていますので、それをお読み下さい。

不可知な流れをえぐり出す

清張さんがこの批評にカチンときたのは当然でしょう。予め設けてあった意見（すなわちGHQ謀略団の存在という予断）があり、それに合うように事実を組み合わせた推論にすぎない、とまでいわれては、それまでのように黙視しておくわけにはいかなくなった。清張さんが静かな口調で反発したのが、前章一七七ページに掲げた『大岡昇平氏のロマンチックな裁断』という「群像」の文章です。

つまり「朝日ジャーナル」に書いたことと同じことを表明したわけです。このときは大岡さんがさらに追及反駁するようなこともなく、論争にはなりませんでした。それで、一応は話がすんだ恰好になりました。そればかりではなく、大岡さんはそれから三カ月後には、「推理小説論」を書きまして、こんな風に言うわけなんですね。

「彼〔松本〕が、旧安保時代以来、日本社会の上層部に巣食うイカサマ師共を飽きることなく摘発し続けた努力は尊敬している。『日本の黒い霧』が〝真実〟という点で、いかに異論が出る余地があるにしても、私はこの態度は好きだ。どうせほんとの真実なんてものは、だれにもわかりはしないのである」

喧嘩はしないよ、という宣言なんでしょう。しかし、清張さんのほうはその後も、同じように考える読者のいるであろうことを、かなり気にしているようでした。それで、この「帰納的にそうなったまで」という清張さんの主張は、わたくしも『黒い霧』が話題になるたびに何度か聞かされることになります。はじめから反米の意図があって、それにあてはまる事件だけを集めたのではない、と言う。わたくしは「大丈夫ですよ。読者はそんな風に思いやしませんよ。読んでみれば、そうでないことは一目瞭然ですから」と答えたものでした。

いまでもわたくしはそう思います。そんな意図的なものなら、読者はとうてい最後まで読み通せるものではない。金太郎飴では早々に飽きがくるか、芬々《ふんぷん》たる臭みに辟易《へきえき》するばかりでしょう。とても清張さんの推理を追って、この長い一冊を楽しんではいられない。読者とはそういう厳しさ、怖さをもつものです。私たちがこの作品からまず受けとるものは、清張さんの〝素朴な正義感〟といったものではないでしょうか。真面目に解決困難な問題に取り組んで、一所懸命に疑問を解明しようとしている。その作者の真摯な態度に惹かれて読みすすめていく。また、その推理の展開も斬新でした。

歴史家の菊地昌典氏がいうように、「松本さんは、この『推理』を『史眼』と不離のものとして現代史に迫り、決してそれは正統的な『現代史』ではないが、現代史の本質に静かに埋没している不可知な流れをえぐりだすことによって、逆に、現代史そのものを書くことに成功している」

（『文藝春秋』臨時増刊『松本清張の世界』）ということなのでしょう。

ついでながら、さきの「朝日ジャーナル」の「あとがきに代えて」のなかで、清張さんは「史眼」について書いていています。これがまことに正鵠《せいこく》を射ていると思うのですが。

「史家は、信用にたる資料、いわゆる彼らのいう『一等資料』を収集し、それを秩序立て綜合判断して、『歴史』を組み立てる。だが、当然、少い資料では客観的な復原は困難である。残された資料よりも失われた部分が多いからだ。この脱落した部分を、残っている資料と資料とを基にして推理してゆくのが史家の『史眼』であろう。従って、私のこのシリーズにおけるやり方は、この史家の方法を踏襲したつもりだし、またその意図で書いてきた」

それにしても、昭和三十五年というあの時代によくぞ隠された深部に眼をつけたものよ、とあらためて感嘆せざるをえません。いまになれば、研究も進んで、あるいは容易といえるでしょうが、占領が終わってまだ数年というときに、GHQ内部の覇権をめぐっての対立抗争が、戦後日本に社会不安をもたらす根因になっていた、と喝破しているのですから。前人未到のところへ果敢に足を踏み入れた。清張さんにはそれこそ「聖域」なんかなかったのです。それは誰もが脱帽すべき推理力にして史眼、いや歴史観なのではないでしょうか。

ＧＨＱの内部抗争と怪事件

この点をうまく説明している東京学芸大学の山田有策教授の説くところを長々と引用します。

「……当時の日本を強大な力で直接的に支配し、コントロールしていたのがGHQであった。その中でも連合軍を代表する形でG2（参謀部第二部作戦部）が全域にわたって権力を有し、これと対抗するような形でGS（民政局）、経済部門にESS（経済科学局）がそれぞれ固有の力を発揮していた。（……）GHQにおいては戦後の冷戦を前提として対共産化戦略を押し出すG2と日本の民主化を徹底して実行しようとするGSとが激しく対立し、その主導権をめぐる内部闘争にまで発展していたらしい。（……）

松本清張はこの『日本の黒い霧』の中で、こうしたGHQ内部の強大な権力構造とその内部での対立の構造をくっきりと浮かび上がらせていく。（……）」[*1]

ちょっと余計な口出しをすれば、G2の部長がC・A・ウィロビー少将です。軍参謀部は第四部までありまして、それと別に参謀長に直属する形で幕僚部があり、C・ホイットニー代将を長とするGSはそこに属します。憲法改正など内政的なさまざまな民主化政策を推進したのがここです。当然のこと、G2の非軍事化一本槍の政策と衝突するわけで、山田教授のいう内部闘争がはじまることになります。ちなみに財閥解体、労働改革など経済面を担当したのが経済科学局（ESS）、農地改革担当は天然資源局（NRS）、思想改革とかマスコミなどを担当したのが民間情報教育局（CIE）、公職追放ならびに政治犯の釈放などの担当が民間諜報部（CIS）、防疫や衛生管理が公衆衛生福祉局（PHW）というわけです。いずれも幕僚部に属しているのです。

さて、山田教授の説明をつづけますと、

「とくに下山事件[*2]や松川事件などのように、Ｇ２とＧＳの対立にＣＴＳ（民間輸送部）が具体的にかかわってくるような事件において、松本清張の推理は実に具体的で鮮やかとなってくる。当時の鉄道は全てＲＴＯ（輸送司令部）の中心であったＣＴＳの管理下にあったわけで、鉄道にからむ犯罪はこのＣＴＳと無関係には起りにくかったのである。清張はこれをクローズアップし、組合運動の弱体化をはかるＧ２の謀略を浮き彫りにしていくのである。さらに帝銀事件では旧日本陸軍の七三一部隊や第九技術研究所関係のメンバーの何パーセントかがＧＨＱの公衆衛生課（ＰＨＷ）に吸収されていたことを証明する。そして、これらのメンバーは細菌や毒物に関するエキスパートであった。だから帝銀事件の犯人グループは毒物などに無知な画家の平沢貞通ではなく、むしろＧＨＱに留用された旧陸軍グループだったのではないか、と清張は推理していくのである」

　これ以上につけ加えることはないようです。

風船爆弾と七三一部隊

　ところで、この満州のハルビン近郊にあった七三一部隊のことについては、何度か清張さんと意見なり情報なりを交わしながら、話題にのせたことがあります。いまでもはっきりと覚えているのは、わたくしが「冬の偏西風を利用して米本土を攻撃する、いわゆる新兵器の風船爆弾に、陶器製の細菌爆弾を積む計画が陸軍にはあったらしいですよ」と語ったときのことです。

清張さんは俄然眼を輝かしてきました。

「どうしてそんなことがわかるのかね」

「これを『富号試験』と当時称していましたが、その気球部隊（参謀総長の機密直属の部隊ですが）の名簿をみていましたら、妙な名前を発見したんですよ。部隊には陸軍気象部や中央気象台の技師といった科学者がいます。そのなかに、軍医学校の内藤良一という中佐がいるのがわかった。しかも、中佐の研究テーマは『経度信管』。信管となれば第八技術研究所の担当で、軍医とはまったく関係のないはずのものなんですね」

「その内藤中佐が七三一部隊と関係がある？」

「そうなんです。まさしく中佐は七三一部隊の石井四郎中将の直属の部下で、飛行機などに細菌爆弾や毒ガスを搭載するための研究が、与えられていた任務のようなんです」

「そりゃ、間違いないよ、きみ。その男が風船爆弾の部隊に所属していたというのは、風船に細菌爆弾を搭載する計画があったからだよ。そう推理するのが自然だな」

と、清張さんは舌なめずりをしながらひと膝乗り出してくる。

「そして、載せたのかね？」

「最後の決断は梅津美知郎参謀総長に任されたようなんです。梅津は気の弱いところのある軍人でしたから、『富号試験』の実施を昭和天皇に奏上したとき、細菌爆弾についても一言つけ加えざるをえなかったんですね。十九年十月二十五日午前のことといいます。天皇は作戦の実施についてはこれを裁可しました。が、細菌爆弾使用については……」

清張さんは、せっかちですから、最後まで聞いてはいません。

「裁可しなかった、な。そりゃそうだ。それでいいんだ」

と言って、でもちょっぴりつまらなそうな顔を、一瞬見せたものでした。

「宮中から戻ってきた梅津は、肩で息をつきながらいとも苦しそうに、陛下のお許しがなかった、と一言いったという話を、当時の大本営のある参謀から聞きましたが」

「で、その内藤元中佐はいまどうしているのか、調べたかね」

「調べましたとも。ちゃんといましたよ。それも出世してました。緑十字という製薬会社がありますが、そこの重役で、将来は社長と目されているんだそうです」

「やっぱりな、七三一部隊の連中はほとんどが、ちゃんとしたところにおさまっている。戦後日本の実に不可思議なところといえるね。いたるところに『黒い霧』が解明されないままにかかっている。きみ、ぜひそれを追及し給え。きっと何かでてくると思う。保証するよ[*3]」

清張さんはそう言って、言外の意味をいっぱい含ませた、特徴のある微笑を浮かべたものでした。

恥ずかしながら、わたくしは清張さんの親切な慫慂《しょうよう》に応ずることもなく、そのままに放っておいてしまいました。ずいぶんと経って、厚生省と帝京大学の副学長を巻き込んだ薬害エイズ問題が新聞を賑《にぎ》わせたとき、緑十字の名を発見して、思わずエッとなったものです。内藤元中佐は間違いなく、ずいぶん前にそこの社長をやっていました。残念ながら清張さんはもう、そのときには、この世におられませんでした。

＊1　この占領軍司令部の内部のGS対G2の対立について、清張さんがかなり熱をこめて書いているのは、「下山国鉄総裁謀殺論」です。占領下の日本の政治は、この対立を軸としてさまざまに揺れ動いた。占領軍の行った日本の民主化は、本質においては、征服者による征服者のための改革であったわけなんです。そうした謀略をほしいままにしたGHQのやり方に、清張さんはごくごく早い時期から疑惑を抱き、真っ正面から告発しようとしたわけです。ほかにも「造船疑獄」と「昭電事件」をテーマにした「二大疑獄事件」のなかでも、GSとG2の対立の構図をくわしく描き出しています。そのお蔭で、日本の政治経済がほとんど自主的な意思を持てずに浮動する。その結果として、見方によっては、それらは情けない戦後日本の恥部の告発になっているわけなんです。

＊2　下山国鉄総裁の死は、当時、さまざまな労働争議の高まりに水をかける役割を果たした。労働者によるトップ謀殺を暗示するかのようなデマが、世論の反発を大きく招いたのです。これで盛り上がった争議はつぎつぎに終息せざるをえなくなります。東芝社長の石坂泰三が、この事件のお蔭でわが社の争議も収まった、と語ったのが有名になったものです。清張さんは、この石坂の感想を引きながら、さきの「あとがきに代えて」のなかで、こう激しいことを指摘しています。

「……しかし、これ〔石坂発言〕は真の受益者の言葉ではない。最大の利益配当を受けた者はGHQだった。米ソの冷戦がようやく激しくなりかけたこの年〔注＝昭和二十四年〕は、この事件によってどれくらい占領軍が当初自ら煽った日本の民主勢力を右側に引き戻したかしれなかった。丁度この時期に、アメリカ側は一年後の朝鮮戦争を予測していたと想像されるのである」

＊3　旧陸軍の満州における細菌兵器研究（七三一部隊）、それがそのまま戦後にアメリカに委譲された、そのためにもかつての研究者たちは戦犯に問われることもなく、日本の製薬会社に巧みに身を隠し……といった疑惑をテーマにした清張作品に、『屈折回路』があります。ただ真っ向からこうした重い問題を告発する、という作品にはなっていません。むしろ男と女のよく出来たドラマの要素が大きい。それが少なからず残念なのですが、問題が問題であるだけに、やむをえないところもありますが……。

十一　司馬さんの漱石、清張さんの鷗外

「小説はもう書かない」

司馬さんは平成八年（一九九六）二月十二日に享年七十二で亡くなりました。ほんとうに急ぎ足で去っていった、という思いがします。晩年の司馬さんは、まったく小説を書かなくなりました。昭和六十二年（一九八七）に刊行された『韃靼《だったん》疾風録』が最後でした。

わたくしは会う機会のあるたびに、しつこくノモンハン事件を書いて下さいと懇望したんですが、とうとう最後まで首を縦に振ろうとはしなかった。最後には、こうはっきりといって拒否する始末なんです。

「小説というのは、何もない空気をかき回して、そいつを自分でひねって、ひねっているうちに、結晶みたいなものができてくる。それが小説になるんだ。そのためには燃え上がるような力ずくのエネルギーがいるんだ。リビドーというか。僕は残念ながら歳をとりすぎちゃったよ」

こうまで言われてしまっては、それ以上に強制するのは人道に外れる、と思わないわけにはゆかなくなりました。諦めざるをえません。それは平成四年暮れのことと記憶しています。ずいぶん長く頑張ったのですが、残念でした。

それで考えたわけではないのですが、司馬さんは才能に恵まれすぎていたのがいけなかった。

物語を面白く構成する才能は天才的で、その上に人並み外れて卓越した批評眼という天賦の才能がありました。一行か二行でものごとの核心を表現できる才能です。つまり、それが高級な批評というものですが、それも達人の域に達している。これじゃ、くどくどと小説を書いているわけにゆかなくなる。

そこが清張さんと大きく違っているところでした。鳥瞰する、全体的な動きの核心を批評的にぐいっと取り出せる。司馬さんの得意技です。批評家的特質には欠ける清張さんは、地面を這って真実はなにかを捜し出すほかはない。一つの主題を納得してもらうために何十行でもシコシコと書くことに飽くことがない。司馬さんは年とともにそうした作業をすることに、ある意味でくたびれた。あとで思えば健康状態が知らぬまに悪化していたからともいえましょうが。いずれにせよ、伝えたいことを書くのに、何十行もの描写を要する小説という形式よりも、一行で書ける批評という形式のほうに身を寄せていったのです。

「老年の短気」ということではなく、ある種の死の予感が、直截《ちょくせつ》に思うところを語ってゆきたい、という気持に司馬さんを駆り立てていたのかも知れません。勝手読みかも知れませんが、そう思えてなりません。「もう、小説を書くことはない。これからは『この国のかたち』と、『街道をゆく』と、ときどき書かせてもらっている『風塵抄』と、この三本に全力をつくす。それだけだって、相当難儀な仕事ですぜ」と、優しい眼の奥にかすかに笑いを浮かべていたものでした。

夏目漱石への傾倒ぶり

ノモンハン事件や参謀本部などについてはやや遠去かって、晩年の司馬さんとは、夏目漱石を話題にすることが多くなりました。わたくしが会社を辞めもの書きになり、『漱石先生ぞな、もし』（文春文庫）などの漱石関係の本を出版したりしたからなのですが、実は小説を書かなくなったころから、司馬さんも大そう漱石に傾倒するようになっていたのです。「齢をとるにつれて、好きが昂《こう》じて、漱石が慕わしくなる、懐かしくなります」と語るのを常としていました。[*1]

そういえば、特集雑誌を編集していた昭和四十六年に、百人近い作家にアンケートを出し、「あなたが影響をうけた作家ないし作品があれば、お教え下さい」という設問をしたことがありました。そのときに司馬さんも答えを送ってくれました。それには、「私の場合は、あえて挙げれば夏目漱石ということになる」として、

> 漱石という人は、作家がとうていそこから自由になりがたいその時代の様式というものから、じつに度胸よく脱け出ていたということである。
>
> 様式どころか、これが小説かというようなものをぬけぬけと書いていた。そういう意味での一種の守護神として漱石をかぎりなく尊敬するが、しかし、影響うんぬんのことはなさそうで（……）
>
> （「文藝春秋」臨時増刊『日本の作家一〇〇人』昭和四十六年十二月号）

とありました。これを読んだとき、電話で「あのご返事は、司馬さんご自身を語ったものなんじゃないですか」「ハハハ、そう読めるかね」なんて会話を交わしたことを思い出します。どの作家も追従している時代様式から、ぬけぬけと抜けだし、これが小説かというようなものを書いているのは司馬さんではないでしょうか。「余談ながら……」とか、「本筋とはちょっと離れるが……」とか、司馬さんは確かに独自の小説世界を築きあげました。漱石も長編小説十編を全部スタイルを変えて書いています。しかも、当時の自然主義全盛のなかにあって、勝手気儘に創作活動をやって成功した。なるほど、司馬さんが「守護神」とするわけだと思いました。

司馬さんは『三四郎』をことのほか気に入っているようでした。[*2] それと「文章日本語」の成立に功績のあった人の筆頭が漱石、ついで正岡子規、というのが持論のようでした。そのことは『この国のかたち』（第六巻）でも力説されている。手紙とか通知とか書類とか、だれでもが書ける日本語、司馬さんを借りて言えば、「社会的に共有された」日本語を作ったのがまず漱石、というわけです。[*3]

ま、漱石好きのこちらとしては、異論のあるはずもなく、当時はいい気持で拝聴しておりました。が、いまは、司馬さんが漱石を懐かしく思うのはそれだけではないのではないか。司馬さんの漱石観の底の底にはもう一つの何かがあるのではないか。それは何であるのか、と自分なりに考えてみたりしています。

「自然を破壊しない」

司馬さんが亡くなられるちょうど一年前の二月、ある本のために「戦後五十年を語る」というテーマで、インタビューをしました。これがほんとうに司馬さんとの対話の最後になりました。そのときは、珍しく憂国の情をあらわに語ってくれました。それは「土建エネルギー」によって蹂躙《じゅうりん》された戦後日本への怒りと嘆きともいえるものでした。ただ醜悪なだけの巨大なコンクリートの箱を造るために、長いこと人びとの心をなぐさめてきた美しい日本の景観が容赦なく破壊される、それを許してきた私たちは、いったい孫子《まごこ》にどう謝ったらいいのか。

「夕日がきれい」といったことも言えず、「この川を見ていると、本当に心が澄んできます」という川もない社会を作ってはいけないわけですね。基本的には、「土建的」成長……無制限な成長を押さえて、「人に自慢できるような景観の中にわれわれは住んでいる」というようにしていくのが、これからの大テーマですな。

（『岩波書店と文藝春秋』毎日新聞社編、平成八年、毎日新聞社）

戦後日本は「暮らしいい社会をつくろう」という即物的な理念しかもたなかった。いま、私たちはその「土建エネルギー」「豊かさの追求」ということの脆弱《ぜいじゃく》さに気づかされています。公のために存在しているはずの官僚システムが、まったくそうではないことが白日《はくじつ》のもとにさらされています。いま眼前にあるのは精神の荒廃のみで、このままでは「日本国の明日はない」と観じた司馬さんは、おのれを殺して世のために尽くすという、日本人の昔からもっていた律儀さ、実直さを諄々と説き、警鐘を鳴らしつづけたんです。

国の行く末を思うのは、特殊な職業にある人だけの務めではありません。一人ひとりの生き方の総和が国の方向を定め、歴史をつくっていく。禁欲的なサムライの美的倫理こそが国を救う。それが司馬史観のエッセンスといってもいいでしょう。

すでに一度書きましたが、大事だと思うのでくり返します。最後の夜に、司馬さんはこう言いました。

「子孫に、誇らしい日本を残すため、一億の日本人の八十パーセント、いや九十パーセントが合意できるような大事なことを見つけようじゃないか。そして、それをみんなして実行しようじゃないか」

「そんな話がありますかね」

「あるよ、日本の自然をもうこれ以上破壊しない、これだ。この一点だけをみんなして合意する。まだ、間に合うと思うよ」

わたくしは、この「自然をもう壊さない」を司馬さんの遺言としていまは大事にしています。とともに、そうか、司馬さんが漱石先生を懐かしがるのは、同じ思いを漱石も抱き、そして警鐘を鳴らしつづけていたからなんだ、と納得することにしています。
漱石は言います、日本の二十世紀は堕落しきっていると。その理由は「生活欲の高圧力が道義欲の崩壊を促した」からで、そこで、何とか一日も早くモラルを回復せよ、と漱石は訴えるのです。そのために日本人よ、欲望を減らせ、自己限定の決意を固めよ、とも説くのです。そうなんですね、司馬さんの言う「自然を破壊しない」と、漱石の「自己限定せよ」とは同じことを言っているのです。

全力疾走でここまできた日本。物質的繁栄では世界に冠たりと誇りつつ、神経衰弱にかかって気息奄々《きそくえんえん》たるいまの日本。「気の毒と云わんか」、この漱石の言葉は死語になっていないのです。司馬さんは同憂の思いを漱石のうちに感じていたに違いないのです。これが「齢をとると漱石が好き」になった理由ではないでしょうか。

しかし、もう司馬さんと漱石について語り合うことはできなくなりました。*4

鷗外対漱石について

司馬さんと違って、清張さんがもっとも関心をもつ作家は、『或る「小倉日記」伝』にはじまる森鷗外なんです。人事異動でやってきた鷗外の不明の小倉時代を、主人公である薄幸の郷土史家田上耕作が追究するというスタイルで、森鷗外を描いた作品です。

その後も、『鷗外の婢』『削除の復元』『首相官邸』といった小説、『歴史小説寸観』『石見の人森林太郎』『鷗外の先妻』などの随筆・エッセイでもしきりに鷗外を主題にしています。晩年になればなるほど、鷗外との作品上の付き合いを深くしている。ところが面白いことに、さきに挙げたアンケートで、清張さんは、なんと、「芥川龍之介『開化の良人』」とたった一行だけ回答しているのです。どうも清張さんにとっての鷗外は、尊敬するとか影響をうけたとか、そういう存在ではなかったようです。探究の対象としての鷗外であったと見たほうがいいか。

「歴史小説を書こうとして、お手本として鷗外に関心をもったけれども、それは鷗外の思想や文学に共感したというのではなく、その文体を好個の手本と思ったからである。たまたま田上耕作のことを知って小説化したが、べつに鷗外に私淑したからというわけではない」

ある人の問いに、清張さんはそう答えていますが、これはその通りに受け取ったほうがよろしい、と思います。

それはともかく、清張さんと鷗外の深い関係は、実は、わたくしにとっては、困ったことなのです。わたくしは漱石シンパで、いわば鷗外にたいしてはまったくの門外漢。あまり身を入れて読んでいないのです。ですから、何か清張さんに問いかけられても、ろくな返答もできなかった。役立つことなんか何もなかったわけです。

しかも、清張さんはこんなことを言っている。

（……）鷗外と漱石というのを比べてみますと、大人という言葉を使えば、鷗外が漱石よりはるかに大人です。やっぱり鷗外の文体の簡潔さ、漢語はたくさんあるけれども当時のことですから漢語の多いのは当然だし、ああいう硬筆で書いた文章というのにひかれたわけです。

（「国文学・解釈と鑑賞」昭和五十三年六月号）

ついつい「清張さん、よくよく見ると鷗外のほうが山県有朋《やまがたありとも》にペコペコするとか、出世に固執するとか、漱石以上の大人どころか、子供じみてますよ」なんて反抗して、清張さんを手こずらせたりしました。清張さんもおしまいには、「きみは如何せん、漱石派だからな」と諦められたようでしたが……。

自画像としての森鷗外

その上に、晩年の清張さんは鷗外にいっそうのめり込んでいき、どうも単なる探究の対象というだけですまなくなっている。もっとピタッと密着するようなところがあった。晩年の司馬さんが漱石にぐんぐん近づいたように、清張さんもどこか自分に通じるものを鷗外のうちに見出して、のめり込んだと考えたくなるわけです。

たとえば、こんな風に考えたらどうでしょうか。完成された人間としての鷗外は、超一流の作家としての鷗外であり、同時に軍医として最高の位にまで昇進した軍人でもあった。ならば、人間・作家・軍人の三位一体の自分を、巨人森林太郎という人はどう処理していたのか。すべてに完璧ということはありえないことでしょう。当然、どこかに落差がでるはずです。その落差をどうやって埋めていたのか。つまりは推理小説、歴史小説、現代小説、ノンフィクション、現代史、古代史と、いずれの分野でも先頭に立たなければならなかったおのれと、鷗外という人を重ねあわせて、清張さんは鷗外の探究をつづけた。そんな風に思えるのですが。

鷗外は吏道にも励み、文芸の道にも励んだ稀有《けう》の人である。しかもその著作の量は夥《おびただ》しい。彼は「妄想」で、自分は始終何物かに鞭《むち》打たれ、駆られているように学問にあくせくしている、背後で自分を鞭打っている舞台監督のような顔をいちど見たいものだ、という意味を書いているが、この「学問」を他の「作品」と置きかえると、鷗外を鞭打つ背後の舞台監督の顔は彼自身である。少しも休まない彼、空白の時間のない彼、勤勉というよりは、始終何か書いていることが性分なのである。

晩年の作『両像・森鷗外』の一節です。どうでしょう、これはそのまま清張さんにそっくりあてはまる。

もう一つ二つ、鷗外に託して清張さんが自分を語っているのではないか、と思われるところを引きます。

文芸家の書く鷗外論には、鷗外がいかにも陸軍の中枢にあって権力を振るったかのように書いたのを見かけるが、軍医総監は新聞記者にもナメられる存在だったのである。

（『両像・森鷗外』）

このお上のする事には間違いはあるまいからと云う姉娘の云い草には、私には、何んだか小倉に左遷された鷗外の憤懣が托されているような気がします。こう考えると、鷗外のレジグネーションのなかには、ただの諦観とは違う、現秩序に対する激しい抵抗と怒りがひそんでいるように、私にはいよいよ思われるのでございます。

（『「かのやうに」について』、「鷗外」昭和四十年十月、森鷗外記念会）

いかがでしょうか。鷗外に仮託し清張さんは自分を語っている。そう思えませんか。軍医総監が新聞記者にもナメられた存在のはずはありませんが、ときの権力とは無縁な立場の人であったことは確かです。そこから鷗外は現秩序にたいする「抵抗と怒り」とを抱いていた、と観察することは誤りではありません。それはまた、口には出さなかったが清張さんの憤懣でもあり、怒りであったと思います。

鷗外のその執着というか執拗さはモノマニアックにさえみえる。枯淡の境地どころではない。

『澀江《しぶえ》抽斎《ちゆうさい》』に関連し、池田京水という男を追究する鷗外にふれて、清張さんは『両像・森鷗外』でこう書いていています。その通りなのですね。鷗外が終生職人肌の作家でありつづけたように、清張さんもまた、その死にいたるまで枯淡の境地どころではなく、ひたすら読者のために書きつづけた職人肌の作家でありました。

「行方も知れず霧の中」

もう大家なんですから、そろそろガツガツ書かずに泰然として、人生の教師のような悠々たる気分になられたらどうですか、などという要らざるわたくしのお節介に、清張さんは嚙んで吐きすてるように言いました。

「歳をとって、よく人間が枯れるなどといい、それが尊いようにいわれるが、私はそういう道はとらない。それは間違っているとさえ思う。あくまでも貪欲にして自由に、そして奔放に、この世をむさぼって生きていきたい。仕事をする以外に私の枯れようなんてないんだな」[*5]

こう言われては、深く頭を下げるより、凡俗の徒にはすることはありませんが、とにかく清張さんは最後まで小説を書く筆を投じようとはしなかった。八十歳を越えてなお執拗に書きつづけるのが執念なら、その量産も同じ執念と評するほかはないでしょう。しかも、文化勲章とか芸術院会員といった国からの栄誉とは無縁できているのです。勲章が人間や作品の値打ちを決めるものではないことは自明ですが、やっぱり奇怪《おか》しいとわたくしには思えてなりません。

清張さんの作品の底流には、つねに政治や官僚社会の暗部を告発する反権力性が秘められている。そうした反骨や権力嫌いを作品の主題にしているからこそ、広い読者の共感をよんだのでしょうが、結果的にはその裏側で多くの敵をつくったことになる。そんなこんなが賞とは無縁という不合理を、この大作家に強いたことになったと、わたくしはそう思うことにしています。

もっとも、清張さんご自身はそんなケチくさい話を毫もしたことはありません。そんなところに身を置くことを峻拒《しゅんきょ》していました。頭にあるのはいつもつぎの作品でした。どんな苦難にもめげず、前だけを見て新しい境地を切り拓く、そのことにだけ生命の炎を燃やす、そうした執念だけが心の奥底にあったのです。

平成四年（一九九二）四月二十日夜、清張さんは脳出血で倒れて入院しました。実は、その日の昼すぎ、つぎの作品のための論議やら取材の打合せやらで、お宅の応接間にわたくしは三時間近く居つづけていたのです。GHQ内部の確執と服部卓四郎機関、そして日本再軍備の内幕がつぎの作品のテーマでした。夕方から銀座で会合があるとのことでお暇《いとま》しましたが、「明日の午後三時にまた伺います」と約束しました。

いま記念館に移築されている書斎の、机の右上のほうにスケジュール表がかかっています。その二十一日三時のところに「文春」と清張さんの字で書かれています。まさに、わたくしとの約束の時刻であったのです。しかし、すべては虚しくなりました。そのまま病院からふたたび家に帰られることなく、八月四日、清張さんは家族全員にみとられて死去されました。[*6]

いま改めて清張さんのことを思い出してみると、しばしば頼まれて色紙に書くことのあるつぎの文句が、いちばんよく清張さんの心情をあらわしている言葉かと、何となく思えてなりません。

「わが道は行方も知れず霧の中」

＊1　「漱石が慕わしい」という司馬さんの言葉は活字にもなっています。連作『街道をゆく』の「ニューヨーク散歩」に出てきます。

「齢をとるにつれて、好きが昂《こう》じ、漱石が慕わしくなっている」

わたくしの耳底には、加えて「懐かしい」という言葉も残っているのです。

＊2　司馬さんと交わした『三四郎』論（?）の一部を、拙著『歴史をあるく、文学をゆく』（平凡社）のなかに載せました。たとえば、その一節。

「三四郎は孫悟空だと思えばいいね。東京という天竺にゆく途中で、いろいろな化け物がでてくる。京都という化け物は、奇妙な女となってでてきた。〝日本は亡びるね〟なんていう広田先生も化け物ですね。最後にたどり着いた天竺の配電盤〔東京大学〕のそばにいる美禰子さんなんか、大化け物でしょう。若い三四郎というのは、つまりは近代化の波に洗われる明治日本なんですな」

卓抜にして風変わりな司馬さんの『三四郎』論は、ほんとうに刺激に富んでおりました。そして話している司馬さんはいつになく楽しそうでした。

＊3　このところを引用してみます。

「かれ〔漱石〕の文章は、その時代では稀有なほどに多用性に富み、人間に関するすべての事象をその文章で表現することができた。このことは、セザンヌという絵画史上の存在にも適用できる。セザンヌはただ絵を描いたのではなく、絵画を幾何学的に分析して造形理論を展開し、かれの理論を身につけさえすればたれもが絵画を構成することができるという一種の普遍性に達した。これに感動した同時代の後進であるゴーギャンにいたっては、さあ絵を描こう、というとき、〝さあ、セザンヌをやろう〟と言ったほどだったという。

漱石の門下やその私淑者にとって、言葉にこそ出さなかったが、文章については〝漱石をやろう〟という気分だったにちがいない。この意味で、漱石の文章は共有化され、やがて漱石自身とはかかわりなく共有化されてゆく」

たしかに「文章日本語」を社会的な共有物にしたのは漱石、といえるかも知れません。が、ことによると、泉下の漱石はあまりの過褒《かほう》にびっくりしているとも思えます。

＊4　司馬さんが吐血して病院で手術を受けられたころ、そんなこととは知るべくもなくて、わたくしは新幹線で取材先の大阪から東京へ帰る途中でした。車中のサービスのテロップに、司馬さんが「重体」という文字が流されました。列車のスピードにゆだねている身としては、ただもうご快癒を祈るほかはありませんでした。帰宅してその甲斐のなかったことを知らされ

たとき、すぐに頭に浮かんだのは、『空海の風景』の終わりの一節でした。

「……われわれ人間は、薪として存在している。燃えている状態が生命であり、火滅すれば灰にすぎない。

空海の生身《しょうじん》は、まことに薪尽き火滅した。

この報をうけた長安の青竜寺では、一山粛然とし、ことごとく素服をつけてこれを弔したといわれる」

燃えているときが生きているとき、火滅すれば灰。司馬さんの平生の覚悟であったと思うのです。

＊5　もう一つ、晩年の清張さんが妙にしみじみとして口にした言葉も、忘れ難く耳朶《じだ》に残っています。
「戦後の日本人が食うや食わずで働いて、つくり上げたのがいまの日本の豊かさというもの、それに間違いはないが、何か大きなものを後ろにおいたまま突っ走ってきたような気がしないでもないね。豊かにはなった。その代わり文学は大きなテーマを見失って、作家も読者も怠惰になった。二十一世紀の日本は一億総愚者とならなければいいがね」

清張さんのこの予言の当たらないことを祈るばかりです。

＊6　「創作の鬼」ともいえる清張さんのことを偲ぶいい文章があります。中央公論社の担当編集者だった宮田毬栄《まりえ》さんが平成九年十月十八日の読売新聞に書いていたものです。
「たえず喘《あえ》ぎながらペンを走らせていた清張氏の後ろ姿は、孤独で苦しげで、書くことの執念

だけに支えられているようだった」として、そんな清張さんの姿がもう見られなくなった悲しみを、つぎのように書くのです。

「夜遅く井の頭線で浜田山を通過する時、いまでも私は松本清張氏の自宅の書斎に、明かりがついているかどうかを確認してしまう。

二階はいつも暗いままだ。五年前の夏、清張氏は亡くなられたのだから、深夜の書斎の窓から光がこぼれてくることはもうない」

清張さんと深くつきあった人は、誰もが、いまも同じように書斎の窓に目をやっていることなんでしょう。しかし、そこに徹夜の明かりの灯ることは、残念ながら、ない。

あれからもう十年がたちました。

十二　司馬さんと戦後五十年を語る

お亡くなりになるちょうど一年前の一九九五年一月、毎日新聞の依頼で司馬さんとの長時間の対話の機会をもちました。これがそれで、司馬さんとの最後のインタビューとなったわけです。のちに『岩波書店と文藝春秋――「世界」・「文藝春秋」に見る戦後思潮』(毎日新聞社、一九九六年刊)に収録されましたが、司馬遼太郎財団と毎日新聞の許可を得て、ここに改めて再録することにいたしました。

半藤　まず司馬さんの「岩波書店と文藝春秋」論をお聞かせ下さい。

司馬　岩波茂雄さんも菊池寛さんも、明治大正のエリートコースだった第一高等学校から東大や京大を経たという共通項があります。どちらも途中で挫折し、大学は選科だったことが、かえってそれぞれの主題を生涯長持ちするものにしたのでしょう。岩波書店は大正二年(一九一三)、文藝春秋は大正十二年にそれぞれ興された。岩波は理念を考え、菊池は世界の現実を散文に置きかえることを考えた。菊池のことを考えるには、後に初の正式公募で入社した池島信平さんを通じて考えるとよくわかります。

半藤　池島さんの入社は昭和九年(一九三四)ですね。

司馬　池島さんが新人記者の時に、日露戦争の旅順閉塞隊《へいそくたい》の生き残りの勇士で、チンドン屋をしている人に話を聞きにいった。そういう人を取材するのが、つまり、文藝春秋的なのですね。

日露戦争という国民的高揚。これは多分に人工的につくられたものですけれども、そのピークに旅順の閉塞隊がいて、英雄としては、広瀬中佐の名前が残っている。生き残りのチンドン屋が話の最後にいう。「戦争というのはつまらんもんですな」。国民的高揚が去ってから歴史家として事態をみる。それが池島信平さんのジャーナリズムの感覚です。

岩波さんの学生時代にも、僕の好きな話があります。この哲学青年が、「神――キリスト教の神ですけれども――というものが分からない」といって友だちと下宿で抱き合って泣き暮らしているると評判になったらしいのです。神は、哲学で言う「絶対者」のことでしょう。「絶対者」というのは中近東からヨーロッパにかけての人がわかるだけで、それ以外のほとんどの人はアニミズムですし、われわれ日本人も汎神論《はんしんろん》ですから、「絶対」という哲学概念もキリスト教の神も分からないといって、友だちと泣く。理念を中空にかかげて泣くというのは、いかにも岩波さんらしいですね。その後の岩波書店らしくもあります。

もっとも現実は、したたかですね。卒業後、古本屋をしているとき、人に連れられて、漱石のところに行き、朝日新聞に連載中の『こゝろ』を本にさせてくれ、と頼んで許される。つづいて、「ついては、出版費を貸して下さい」……おんぶにだっこでした。岩波は当初、岩波書店だけでなく、「哲学研究会」という一つの看板を持っていた。それで、自分は西洋哲学の基本である「絶対」という架空の一点が分からなかったから、分かったであろう同期の秀才の安倍能成《あべよししげ》らに書いてもらうことにするんです。

こうして、岩波の「絶対」という架空の一点を見つめて行くジャーナリズムと、菊池さん、および池島さんの地面のジャーナリズムの二つが成立した。昭和の初めぐらいから戦後二十年ぐらいの間に両者が棲み分けて、日本社会に影響を与えてきたのですね。

インテリの支柱――「世界」

半藤　岩波さんが、安倍能成、阿部次郎、和辻哲郎など、哲学を追求、探究するための人を、「哲学研究会」で集めたわけですね。それが財産となって、結果的には、昭和の戦争に負けるまでのいわゆるインテリのたった一つの支えになった。

司馬　そうです。たった一つの支え。それも、戦前はドイツ哲学でした。だから、卸問屋は、東京大学と京都大学なんですけれども、岩波が代理店なもんですから、ディストリビューター（配電盤）としての岩波というのはすごかったと思います。

半藤　昭和二年に岩波文庫が創刊されます。太平洋戦争が始まると、兵隊さんはみんな岩波文庫を持って行っているのですね。

司馬　そうですね。朝日新聞出版局の角田秀雄さんが――二高から東大に行った人ですが、麻布の連隊に入営しました。フィリピンに送られるらしい少し先輩の見習士官が一時期その兵営に住んでいて、角田初年兵が部屋の掃除をした時に、手文庫から岩波文庫が落ちてきた。「それは『聖書』だったと思う」と、書いていきます（注＝岩波文庫「聖書物語」上・下、ヴァン・ルーン著、前田晃訳、昭和十六―七年刊）。その見習士官が、山本七平さんだったそうです。当時の岩波文庫が知識人予備軍である高等学校、大学の学生たちに対していかに影響があったか、どんな位置を占めていたかがよく分かる話です。

半藤　戦後、岩波が『西田幾多郎全集』を刊行した時（昭和二十二年二月）に、岩波書店の角をぐるっと徹夜で学生たちが取り巻いた、という写真が残っています。

司馬　「あんまり本を読まない町」と言われている大阪（笑い）でも、心斎橋の駸々堂《しんしんどう》で行列したように思います。

半藤　戦争に負けた直後に、岩波のインテリに対する支柱的な役割がまだあったということですね。雑誌「世界」の昭和二十一年五月号に載った、桑原武夫さんの「第二芸術」も議論を呼びました。

司馬　随分ショックを受けました。議論の中身は新しいのですけれども、読んでみると桑原さんは不必要なほど深く俳句のことを知っている（笑い）。「これは俳句を奨励しているんじゃないか？」というぐらいに。でも、俳句を全否定するというかたちでシャープに切り込んだ方が、当時の気分と合った。

半藤　戦後という近代主義的な気分に合った。

司馬　戦後という時代はそうでした。桑原さんはシンボライズして物を見る達人でしたからね。フランスの文学は、俳句のようじゃないもんですから、「近代文学はこうあるべきだ」ということを言いたいために俳句を否定したわけですけれども、同時に俳句への愛憎の憎の情がにじんでいる。

半藤　「戦後」を迎えたときの司馬さんの印象はどんなものでしたか。

司馬　「こんないい社会が僕の生きている間に来るとは思わなかった」というものでした。何にもなくなったけれども、社会そのものが、やたらと元気がいいんです。ヤミ屋から大学の先生に至るまですごく元気がよい。陰惨な感じも、何もかもなくなりましたという悲壮感もなくて、何かとにかく芽生えてくるという感じがありましたね。

半藤　私は当時子供ですけれども、「文化国家をつくるんだ」という思いが世の中に非常にあったように思います。エネルギーとしてありました。

司馬　戦後の文化国家気分のなかには、学問や学者への期待が過剰なほどにありましたね。それにイデオロギーの偏重。あまりいいものではありませんが。戦争への反省の副作用として、そういう議論がまかり通った。それから、やっぱり雑誌「世界」を読むということでしょうな。昭和四十年代の学園紛争まで、「世界」はその気分のなかで懐中電灯で言えば、電池がたっぷり入った輝きを持っていましたから。

僕は、思想については冷静なつもりで戦後を過ごしました。思想は現実の中から生まれるものであるよりも、架空の一点から生まれるもんだと、思っているからです。現実をいくら足し算、掛け算しても思想が生まれなくて、架空の絶対の一点を設けると、そこをコアにして思想が生まれるのだろうと。

天皇も国民も笑った――「文藝春秋」

半藤　それが「世界」に結集していた気がいたしますね。

司馬　結集していたみたい（笑い）。とにかく、「世界」は論が好きなのですね。「文藝春秋」は論がきらいなんですね。ファクトの方が大事なんです。

半藤　池島さんが、例の「天皇陛下大いに笑ふ」で「文藝春秋」をワッと上昇気流に乗せたのが二十四年です。

司馬　昭和天皇さんの前に出た辰野隆《ゆたか》さんと、サトウ・ハチローさんと、徳川夢声さん。ちょっと年がしらが辰野さんで、そのご挨拶の言葉がよかった。冒頭の「このような不良が一人ならず、三人もまかりこしまして、おそれ多いことでございます――」（笑い）。これ、絶妙のユーモアがあるのやね。だから、天皇が笑おうとしている。人間というのは、正（テーゼ）と反（アンチテーゼ）があって、それをうまくすくい揚げて（アウフヘーベン）、ジンテーゼ（合）ができる。その過程にユーモアやウイットが生まれるのでしょ。天皇の周辺には、多分そういうことはなかったんですな。いつも正論、定められた命題（テーゼ）のみを申し上げる大臣ばかり見ているでしょう、そこへ辰野隆が目の前に現れて、絶妙の面白さで話を展開する。だから、初めて知的な世界――知的な世界はそういうものです――に接したのではないでしょうか。

このたとえで言えば、正論（テーゼ）とでもいうべき立場は「世界」が受け持っていた。反対（アンチテーゼ）がどっちかわかりませんが、両方ないまぜ、つまりアウフヘーベンの魅力を文藝春秋が、時に発揮した。現実のみを言っていたって読者は退屈だから、そういうものを時に出したということでしょうね。

半藤　なるほど――。昭和天皇が笑うと同時に、国民も笑ったんでしょうね。

司馬　国民も笑ったですね。あの時は、天皇制についての是非論が、学界にも論壇にも沸騰していた。その時に、ヌケヌケと陛下の前にまかり出た三人の老不良が、実に楽しい鼎談《ていだん》をするんですな。

半藤　その翌年の二十五年に、中国文学者の竹内好さん（一九一〇―七七）が、「文藝春秋論」を、どこかで書いています。「この雑誌が今や日本のトップの雑誌になりつつある。何のことはない、菊池寛と同じことをやっているだけじゃないか」というものです。

司馬　竹内さんは、日本の二十世紀以後の知識人がそうであったように、架空の一点を設けて、現実をそこから照らしたいというかたですから、現実への偏重にはやっぱり不満だったんでしょうね。つまり、「文藝春秋には理想がないんじゃないか」ということでしょうな。菊池寛も没理想であったように、「天皇陛下大いに笑ふ」も没理想だからですね。「理想」という言葉は、日本語としてはいい言葉ですが、普通は観念的で、ウソっぱちで、という意味が入っているでしょう。そういうものではなくて、「天皇大いに笑ふ」という雰囲気の中で、現実路線は文藝春秋的ジャーナリズムの方向へと動いていた。「これは嘆かわしい」というグループがあったんですね。

半藤　四十年代ぐらいまで文藝春秋的な動きを「嘆かわしい」と思っているインテリゲンチャの路線、先生のおっしゃる一点を信仰している路線が、ずっと力を持っていました。

司馬　イデオロギーが蔓延《まんえん》する時代でした。文藝春秋的現実主義というものは、酒場でも、大学の講義室でも、現実について語りにくい雰囲気がありましたね。〝架空の一点〟つまり空論をいうほうが大過なく世過ぎすることができた。それに反論を言うと、昭和二十年代の相手を封じ込める言い方として、「お前は反動だ」……こうしてみると、やっぱり面白いですね。「岩波書店と文藝春秋」という対比は。

半藤　司馬さんは栃木県の佐野で終戦を迎えられたのでしたね。

司馬　厚木もしくは九十九里浜に敵が上陸してくることを想定して僕らの戦車隊は〝満州〟から帰ってきて佐野にいたんです。佐野の町を歩いていて、小さな五つぐらいの子をみて「この子らのために自分は命を捨てるんだ」と思ったことがある。ところが、敵が上陸したら、その子らの方が先に死ぬ。そのことを思った時にはショックだった。そこに終戦でした。僕がいた連隊は、優等生のような連隊でしたから、整然と解散しました。

半藤　さきほど「こんないい社会が僕の生きている間に来るとは思わなかった」とおっしゃいましたね。

司馬　確かに焼け跡の中にいながら「いい社会が出来上がりつつある」という肯定的な感じは

ありました。それは、新憲法ができた時か、その前後。つまり、終戦から二、三年たってからですね。

半藤　そのころはもう新聞記者になっておられた。

司馬　昭和二十三年ぐらいから京都大学の受け持ちになって、やがて学生運動が始まるのを見ました。もう狂ったような学生運動の時代で、学生が騒ぐのはいいけれども、それに雷同する教授たちがいた。これも妙なもんだと思いました。汎神論的に諸価値をみんな認めてしまうというわれわれ日本人の精神的な体質と「価値は一つだ。絶対のものだ」と言っている体系とは、合わないのですけれども、大きな声で「価値は一つだ」という時期がありましたね。それを当時大学の現場で見たものですから、「少しも戦時中と変わらないじゃないか」という感じを持ちました。

半藤　「文藝春秋」の「天皇陛下大いに笑ふ」のヒットの話が出ましたが、この前後は昭和天皇は、全国を回っていますから最大の人気者でしたね。

司馬　昭和二十五年だったと思いますが、天皇さんが舞鶴方面に巡幸された時に、僕は京都支局にいましたから、二日か三日くっついて歩きました。水産試験場で、京都府知事蜷川《にながわ》虎三さんの説明を聞きおわった天皇さんがお礼を言って振り向いた時に、僕は後ろにいたものですから、衝突したことがある。これは、もう本当にいい社会です（笑い）。

半藤　天皇さんと衝突した？（笑い）

司馬　天皇さんがいきなり振り向くもんだから。あの方は中間の行動がうまくできない。運動神経が――（笑い）急に振り向くから。ともかく何もない日本に「天皇だけがいる」という感じがあって、あとは焼け跡。そういう時代に地方を巡幸されて、戦後の天皇のイメージができ上がったと思いますね。

半藤　「文藝春秋」の昭和三十一年二月号に、中野好夫さんの「もはや『戦後』ではない」というのが出たわけですが、「戦後は終わった」のは、経済的に終わっただけでなくて、考え方の中でも、「終わった」ような感じでした。たしかにこのころ経済的には少し豊かになったんです。その代わり、天皇制を論じたり、全面講和がどうのといった論議は全部なくなっていきました。

司馬　「全面講和論」を、朝日新聞やその他の新聞が展開して、やがて取り下げますね。これが戦後左翼の最初の挫折でしょうか。

「地べた」の上に建つ日本

半藤　さきほどおっしゃった一点を信じて、声高にやっていた言論は、日本の建設のエネルギーとして国民を引っ張っていったのでしょうか。私はそこのところがよく分からないのですが。

司馬　国家というのは建物の例で言うと、圧搾空気の上に乗っているんだろうと思うのです。ヨーロッパや、アメリカは、カトリックやプロテスタントという宗教の上に乗っかっています。憲法も、その結果としてあり、民主主義国家も圧搾空気の上に乗っていました。明治の日本では、国家神道という圧搾空気のようなものをつくろうとした。それは戦後なくなりました。なくなって幸いなんですけれども、じかに地面に建物がゴチャッと乗っかっている感じがある。そこで「もう一つ圧搾空気をつくろう」というのが、左翼運動だった。一方、新憲法も多分に圧搾空気的な役割なきにしもあらずで、何となくあいまいにして、われわれは新憲法を是認して今日まで来ているわけです。しかし、やはり圧搾空気がないのは物足りない。今も入れることができない。だから圧搾空気なしで建っている国家を大肯定していくしかしようがないですね。

半藤　平和憲法は「圧搾空気のようなもの」でしかないと。

司馬　「平和」というのは架空のものだから、なじみがないのです。たとえば、「親切」というようなことだけでも圧搾空気になるんですよ。それこそ。それを思想化して国家存立の基礎にするということを、戦後だれもが怠けたことは確かです。「親切」という日常語を拡大して、平和の概念を巻きくるんだ思想が出来上がって当たり前なのに、それを怠った。

半藤　われわれは地べたの上にジカに立っている。しかし、それでは困っちゃうのですね。

司馬　根太《ねだ》は腐るし、湿気は強いし。地べたの上の建物は持たない。本当はそういう空気の上に建つものです。それがスウェーデンであり、デンマーク、フランス、イギリスである。ことに国民国家はそうですね。どうも、戦後の日本はやり損ねたですね。怠ったんですね。体系的にそういう思想をつくる人がいても、戦後も現在も反発が多くて恐らくそういうものをつくるエネルギーは出し切れない。エネルギーそのものを拒否するいろいろな小姑《じゅうと》、大姑が多過ぎたですから。これは「世界」も怠ったし、「文藝春秋」も怠ったかな。

半藤　いや、文藝春秋は、もともと圧搾空気と関係ない（笑い）。

司馬　本当に普通の、平俗な日常感覚の中から圧搾空気をつくればよかった。「平和」という言葉さえ難しいです。議論の多い言葉です。思想家たちは、そういうものをつくるのを怠ったですね。

半藤　戦後日本には思想家がいないとよく言われます。これはどうしてなんでしょうか。

司馬　思想というのは、一つのまとまりを持った世界です。イスラムとか、キリスト教というのは、そんなもんですね。ありもしない神――絶対というのは、現実にはありもしない。だけれども、架空においてはある。そこで思想が出来上がるんです。しかし、日本は、思想というものは常に海外にあると思って、何千年を過ごして近代に入ったわけです。平安朝には仏教を持ってきた。鎌倉時代は無思想で、現実の土地問題の処理のみをやった。江戸時代は儒教の時代。明治も思想というハイカラな論理的に完結している世界は常に海外にあった。だから、戦後も向こうにあるものを持ってきて、物質的に繁栄すると、「もうそれはいらん」と（笑い）。だから、圧搾空気をつくり損ねたんですね。

半藤　圧搾空気ができなかったということでは、高度経済成長は、やっぱり大きい意味があったのではないでしょうか。

司馬　結局は、メタフィジカルというものを見ない。フィジカルに、形而下的《けいじか》に、「われわれは暮らしいい社会をつくろう」というのが、高度成長時代の考えだったでしょうからね。

「美しいな」という国造りを

半藤　戦後の文芸の世界についてはどうお考えですか。「戦後派文学」と言われますけれども、言われるほどわれわれの動きに影響を与えなかったような気がするのです。

司馬　これも「絶対」ということとつながりがあって、日本ではフィクションというものの面白味を、作家も読み手もあまり感じないのですね。西洋人は、「神」というフィクションを持っていたから、「神学の時代」が終わり、近代文学の時代が始まると、その設定の基礎がやっぱりフィクションですね。糸巻きのように叙述していくドストエフスキーも、カフカも、自ら楽しみ、読者もそのつもりで読んだ。

ところが、日本は、たとえば、戦前の代表的な作家は志賀直哉さんで、僕も大好きですけれども、「あること」以外は書かなかった。つまり、汎神論的なもので「私の暮らし」の中から出てくる「私小説」です。「空言《そらごと》」を言わなかった。志賀さんは大工さんがカンナを愛するように自分の暮らしを愛した人ですね。カンナは決して芸術品ではないですけれど、大工さんから見たら、これほど美しいものはないかもしれない。志賀さんの文学は、そういう文学でしょう。ところが、そういう私小説は、西欧的に見れば文学ではない。フィクションではないわけです。

たった一人、大江健三郎さんが不思議なことに「弱者」というものを絶対化している。「弱者」を大文字にして、架空の一点にすると、非常に面白いレトリックが生まれて、論理が生まれます。

だから、大江さんは西欧風の最初の近代文学者かも知れない。
ただ、ノンフィクションのライターでいい人が何人か出てきたことはいいことですね。ノンフィクションが、大きな位置を占め始めているので、こういう現実認識の上に立ったものが読書界に迎えられるようになった。

半藤　高度成長という時代があってみんなが豊かさを実現したと思っていました。けれども本当に豊かでないなと感じてきているように思えますが。

司馬　「夕日がきれい」といったことも言えず、「この川を見ていると、本当に心が澄んできます」という川もない社会を作ってはいけないわけですね。基本的には、「土建的」成長……無制限な成長を押さえて、「人に自慢できるような景観の中にわれわれは住んでいる」というようにしていくのが、これからの大テーマですな。圧搾空気なき国としては。僕たちは、大きな金と、大きな技術を持った社会にいるが、豊かだという感じは持っていない。どこの辺ぴなドライブインにいってもエビフライといえばエビフライを持ってくる。ひょっとしたら越前ガニだって持ってくるかもしれない（笑い）。でも、そんなことは、本当の豊かさではないんですね。
これはやっぱり小景観から、大景観まで、美しい国をつくろうというところに、今度は方向を転じた方がいいですね。今度の大震災（神戸大震災）を教訓にして、「ああ、美しいな」という国をつくろうという方向。これが豊かさとか、幸福感とかいうものにつながるんじゃないかと思うのですけれどもね。

あとがき

本書のそもそもは、ＮＨＫ教育テレビの「人間講座」のテキストとして書いたものです。放映は二〇〇一年十月・十一月に九回にわたっておこなわれ、その後なんども再放送されました。ビデオどりで、北九州市小倉の松本清張記念館へ、東大阪市の司馬遼太郎記念館へ、愛知県犬山市の明治村に移築された「森鷗外・夏目漱石邸」へ、横須賀市の記念艦三笠艦上へ、そして東京は皇居のお濠端を歩き、久し振りに芥川・直木賞選考委員会の会場である料亭「新喜楽」を訪ね、そして昔の職場・文藝春秋の社内で、と字義どおり東奔西走したことが、いまはなつかしく想いだされます。ディレクターの柴田亜樹氏、小野洋子さん、デスクの熊埜御堂朋子さん、スタッフの皆さん、本当にお世話になりました。お蔭で、この本ができ上がりました。

もともとは、強引にして頼み上手な編集者の、日本放送出版協会の藤野健一氏の、「とにかく、『清張さんと司馬さん』はほかの人に書けない絶好のテーマと思うんだ。それをこっちが誠心誠意をもって頼んでいるのに、一向に書こうとはしない。ぐずぐず理由にならない泣き言をいって、一冊にまとめるということから逃げてばかりいる。それなら書きやすいようにと、テレビ出演といういい舞台を細工してやったのに、また下らぬ理屈をだらだらとつけて尻に帆をかけようと言うんですか。売れない物書きを売り出してやろうというこっちの親心がわからんとは、あなたはそうとうのアホーですな」

という威嚇によるものでした。清張さんと司馬さんとを並べてくらべながら論じる原稿、というだけでも怖じけで総身がけば立ちます。なのに、テレビカメラを前にご両人との接触のいろいろを話すなんて……。人前で真面目くさって話をすることすらが嫌いの上に、カメラに向かって麗々しく偉そうなことをいう。想像しただけで早くも天罰をガツンと受けたような気になる。それに編集者時代のことは秘しておくのが礼儀なりと思っている。で、平に平にご容赦を願ったのですが、向こうの有無をいわさぬ迫力に押しまくられ、ついに降参する羽目となった。それが本書というわけであります。

考えてみると、ほんとうにいちばんいい時代に編集者であったようです。昭和三十年代後半から四十年代は、「清張さんと司馬さんの時代」でありました。そのときに、この二人の作家と、ときには怒られながらも、親しく話も交わせるという幸運に浴したのですから。友人の編集者のなかには、裏にまわると、「どちらか一人でもまともに話をしようとすると、背中にいっぱい汗が噴き出るほど緊張するのに、よくもまああの二人と平気でつきあえたもんだ。よほど厚かましくなれる奴なんだな」などと呆れるものもいます。いわれてみれば、なるほど、そうなのでしょう。

よほど鈍感ゆえに、いけしゃあしゃあと扉を呑気に、しばしば叩くことができたのかもしれません。そんなわけで、いまは、これを書いてよかったと考えています。黒子としてのわたくしの歴史の総決算がここにある、と、そんな気になっています。

テレビ用のテキストゆえ、とにかくわかりやすく、老若男女ひとしく楽しめる原稿を、と心掛けたため、上っ面をさぁーと撫でたようなものになったかも知れません。本にするにさいして、担当編集者の河野逸人氏に「よりくわしく、より面白く、より特ダネを」とコンコンと依頼されたのですが、一度書いてしまったものに手を加えるのは、とても難しいこととわかりました。全面的に書き直す余裕もありません。で、司馬さんの〝余談ながら〟を真似て、大量の補注を入れることにし、それと書き下し原稿一本と司馬さんにインタビューした記事二本を加え、少しは恰好をつけました。

調査資料としての参考文献は別に掲げました。作者ならびに出版社に、大いに参考にさせていただいたことにたいして、蕪雑ながらお礼を申しあげます。

二〇〇二年八月十五日　敗戦記念日

半藤一利

〔参考文献〕文中に明記したものは除きます。
『司馬遼太郎の世紀』〔保存版〕朝日出版社
・特に「昭和の道に井戸を訪ねて——鶴見俊輔と語る」
井上ひさし「筋道つけた偉大な先達」
『司馬遼太郎がゆく』プレジデント社
阿刀田高『松本清張あらかると』中央公論社
・特に〔鼎談〕「編集者の見た松本清張像」
阿刀田高・藤井康栄・宮田毬栄
『松本清張の世界』文藝春秋
・特に藤井康栄「『昭和史発掘』の現場から」
〔聞く人・岡崎満義〕
門脇禎二「歴史家松本清張と私」
〔対談〕「松本古代史は何を変えたか」
江上波夫・森浩一
「文藝春秋」臨時増刊〔松本清張の世界〕
一九七三年十一月号　文藝春秋
「ノーサイド」〔特集・司馬遼太郎〕
一九九三年一月号　文藝春秋
「小説トリッパー」〔特集・司馬遼太郎を読む〕
二〇〇〇年春季号　朝日新聞社
「国文学・解釈と鑑賞」〔特集・松本清張の世界〕
一九九五年二月号　至文堂
「小説トリッパー」〔特集・松本清張再発見〕
二〇〇〇年秋季号　朝日新聞社
・特に阿刀田高が語る「清張文学の魅力」
保坂正康「『昭和史発掘』を検証する」

松本清張略年譜

和暦	西暦	年齢	▼印以下は主な作品の発表媒体と掲載日（連載開始日）
明治四十二	一九〇九	0	十二月二十一日、福岡県企救《きく》郡板櫃《いたびつ》村（現・北九州市小倉北区）で生まれる。本名松本清張《きよはる》。
大正十三	一九二四	15	小倉市立板櫃尋常高等小学校（のちの清水《きよみず》小学校）高等科を卒業。川北電気株式会社小倉出張所の給仕に採用される。
昭和二	一九二七	18	川北電気が倒産し、失職。小倉の兵営のそばでパンや餅を売り、生計をたてる。
三	一九二八	19	小倉市の高崎印刷所に石版印刷の見習い職人として就職。
十一	一九三六	27	十一月十八日、佐賀県人・内田健次郎五女ナヲと結婚。
十二	一九三七	28	二月、印刷所を退職し自営に。秋から朝日新聞九州支社に出入りし、広告版下を書くようになる。
十四	一九三九	30	朝日新聞九州支社広告部嘱託となる。
十七	一九四二	33	朝日新聞社の正社員となる。
十八	一九四三	34	十月、三カ月間の教育召集を受けて久留米の第四十八連隊に入隊。
十九	一九四四	35	六月、再召集されて福岡の第二十四連隊に入隊。衛生兵となる。朝鮮半島に渡り、現ソウル市外の竜山に駐屯。
二十	一九四五	36	師団軍医部付となり全羅北道の井邑に移り、上等兵として敗戦を迎える。

二十五	一九五〇	41	十月、本土送還。朝日新聞社に復職し、小倉市内に住む。「週刊朝日」の〈百万人の小説〉に応募。十二月、応募作『西郷札』が三等に入選。賞金十万円。
二十六	一九五一	42	『西郷札』が第二十五回直木賞候補作になる。
二十七	一九五二	43	▼九月、「三田文学」に『或る「小倉日記」伝』掲載。
二十八	一九五三	44	一月二十二日、『或る「小倉日記」伝』で第二十八回芥川賞を受賞。十一月一日付で朝日新聞東京本社に転勤となり、単身赴任。杉並区荻窪の叔母の家に寄宿。▼二月、「別冊文藝春秋」に『梟示抄』掲載。四月、「別冊文藝春秋」に『戦国権謀』掲載。八月、「文藝春秋」に『菊枕』掲載。
二十九	一九五四	45	七月、小倉から家族を呼び寄せ、東京都練馬区関町に転居。▼二月、「別冊文藝春秋」に『湖畔の人』掲載。五月、「小説公園」に『転変』掲載。十二月、「別冊文藝春秋」に『風雪断碑』掲載（のちに『断碑』と改題）。
三十	一九五五	46	▼五月、「新潮」に『特技』掲載。十月、「新婦人」に『大奥婦女記』連載開始（〜一九五六年十二月）。十一月、「オール讀物」に『青のある断層』掲載。十二月、「小説新潮」に『張込み』掲載。
三十一	一九五六	47	五月、朝日新聞社を退社。九月十八日、日本文芸家協会会員になる。▼三月、「新潮」に『喪失』掲載。八月、「小説新潮」に『顔』掲載。十

			月、「オール讀物」に『いびき』掲載。
昭和三十二	一九五七	48	二月、『顔』で第十回日本探偵作家クラブ賞を受賞。練馬区上石神井に転居。 ▼一月、「芸術新潮」に『日本芸譚』連載開始（〜十二月 のちに『小説日本芸譚』と改題）。二月、「旅」に『点と線』連載開始（〜一九五八年一月）。四月十四日、「週刊読売」に『眼の壁』連載開始（〜十二月二十九日）。九月、「オール讀物」に『無宿人別帳』連載開始（〜一九五八年八月）。
三十三	一九五八	49	▼三月、「宝石」に『零の焦点』連載開始（〜一九六〇年一月 のちに『ゼロの焦点』と改題）。五月十七日、東京新聞夕刊に『かげろう絵図』連載開始（〜一九五九年十月二十日）。十月五日、「週刊朝日」に『黒い画集』連載開始（〜一九六〇年六月十九日）。
三十四	一九五九	50	七月二十二日、『小説帝銀事件』が第十六回文藝春秋読者賞を受賞。 ▼五月、「文藝春秋」に『小説帝銀事件』連載開始（〜七月）。
三十五	一九六〇	51	▼一月、「文藝春秋」に『日本の黒い霧』連載開始（〜十二月）。「オール讀物」に『球形の荒野』連載開始（〜一九六一年十二月）。一月十一日、「週刊新潮」に『わるいやつら』連載開始（〜一九六一年六月五日）。五月十七日、読売新聞夕刊に『砂の器』連載開始（〜一九六一年四月二十日）。八月七日、「サンデー毎日」に『駅路』掲載。

三十六	一九六一	52	九月、杉並区上高井戸に自宅を新築し、同月に移転する。この年度より直木賞選考委員となる。
三十七	一九六二	53	四月、日本文芸家協会理事に選ばれる。 ▼一月八日、「週刊新潮」に『けものみち』連載開始（〜一九六三年十二月三十日）。四月十三日、「週刊朝日」に『天保図録』連載開始（〜一九六四年十二月二十五日）。
三十八	一九六三	54	第五回日本ジャーナリスト会議賞を受賞。日本推理作家協会理事長に就任、四期八年間をつとめる。 ▼一月、「文藝春秋」に『現代官僚論』連載開始（〜一九六五年十一月）。 八月、「文芸」に『回想的自叙伝』連載開始（〜一九六四年一月　のちに『半生の記』と改題）。
三十九	一九六四	55	▼七月六日、「週刊文春」に『昭和史発掘』連載開始（〜一九七一年四月十二日）。九月十三日、毎日新聞に『私の小説作法』掲載。
四十	一九六五	56	▼一月、「オール讀物」に『私説・日本合戦譚』連載開始（〜十二月）。 十月、「宝石」に『Dの複合』連載開始（〜一九六八年三月）。
四十一	一九六六	57	十二月、『砂漠の塩』が第五回婦人公論読者賞を受賞。 ▼六月、「中央公論」に『古代史疑』連載開始（〜一九六七年三月）。
四十二	一九六七	58	第一回吉川英治文学賞を受賞。四月、日本文芸家協会理事に再任（以後、一九九二年に死去するまで留任）。

昭和四十三	一九六八	59	▼一月、「現代」に『流れの結像』連載開始（〜一九六八年六月 のちに『風紋』と改題）。一月六日、「週刊朝日」に『黒の様式』連載開始（〜一九六八年十月二十五日）。八月十一日、「週刊読売」に『ミステリーの系譜』連載開始（〜一九六八年四月五日）。 ▼一月、「文藝春秋」に『松本清張対談』連載開始（〜十二月）。
四十四	一九六九	60	▼三月二十一日、「週刊朝日」に『黒の図説』連載開始（〜一九七二年十二月二十九日）。五月十日、「週刊新潮」に『ガラスの鍵』連載開始（〜一九七〇年九月二十六日 のちに『夜光の階段』と改題）。
四十五	一九七〇	61	十月十二日、第十八回菊池寛賞を受賞。 ▼五月、「中央公論」に『新解釈 魏志倭人伝』掲載。十二月、「小説現代」に『推理小説の題材』掲載。
四十六	一九七一	62	六月、読者投票により『留守宅の事件』が第三回小説現代ゴールデン読者賞を受賞。 ▼五月十七日、「週刊文春」に『西海道談綺』連載開始（〜一九七六年五月六日）。
四十七	一九七二	63	▼六月、「世界」に『高松塚壁画の年代推説』掲載。
四十八	一九七三	64	▼六月十六日、朝日新聞に『火の回路』連載開始（〜一九七四年十月十三日 のちに『火の路』と改題）。
四十九	一九七四	65	▼一月、「文藝春秋」に『河西電気出張所』掲載。

五十	一九七五	66	▼二月、「波」に『私の中の日本人』掲載。三月九日、日本経済新聞に『黒の線刻画』連載開始（〜一九七七年四月六日）。十二月五日、「週刊朝日」に『小説3億円事件』連載開始（〜十二月十二日）。
五十一	一九七六	67	▼一月一日、東京新聞に『清張通史』連載開始（〜一九七八年七月六日）。八月、『空の城』取材のために、アメリカ、カナダへ取材旅行。
五十二	一九七七	68	▼一月七日、毎日新聞夕刊に『視点』連載開始（〜三月二十五日）。二月、「中央公論」に『眩人』連載開始（〜一九八〇年九月）。七月二日、「週刊読売」に『視線』連載開始（〜八月十三日 のちに『凝視』と改題）。
五十三	一九七八	69	二月十五日、第二十九回NHK放送文化賞を受賞。八月からNHKテレビ「清張古代史をゆく」の取材でイランへ。
五十四	一九七九	70	▼一月、「文藝春秋」に『空の城』連載開始（〜八月）。直木賞選考委員を辞退。
五十五	一九八〇	71	▼十月、「文学」に『「古事記」新解釈ノート』掲載。
五十六	一九八一	72	▼五月二十八日、「週刊文春」に『彩り河』連載開始（〜一九八三年三月十日）。
五十七	一九八二	73	▼二月、「オール讀物」に『昇る足音』掲載（のちに『疑惑』と改題）。二月八日、朝日新聞に『迷走地図』連載開始（〜一九八三年五月五日）。
五十八	一九八三	74	▼八月十五日、報知新聞に『熱い絹』連載開始（〜一九八四年十二月三十日）。九月、「文藝春秋」に『松本清張短編小説館』連載開始（〜一

昭和五十九	一九八四	75	九八五年十二月 うち『二醫官傳』は『両像・森鷗外』と改題)。 ▼九月十一日、読売新聞に『霧の会議』連載開始（〜一九八六年九月二十日)。
六十	一九八五	76	▼一月、「小説新潮」に『中世への招待』掲載。
六十一	一九八六	77	四月、NHKの特別企画「ミツコ――二つの世紀末」スタッフと共同記者会見、番組制作と並行して同じ素材で小説を執筆することを発表。
六十二	一九八七	78	十月、フランスのグルノーブルで開催された第九回世界推理作家会議に日本人として初めて出席。
六十三	一九八八	79	▼六月、「文藝春秋」に『私観・昭和史論』掲載。
平成元	一九八九	80	▼三月、「文學界」に『泥炭地』掲載。
二	一九九〇	81	一月、朝日賞を受賞。 ▼三月二十九日、「週刊文春」に『神々の乱心』連載開始（〜五月二十一日 病気のため休載・未完)。
三	一九九一	82	作家活動四十年を記念して、民放四局が十二の作品をドラマ化。
四	一九九二		四月二十日、脳出血で倒れ、東京女子医大病院に入院。七月下旬、病状が急変し肝臓がんと判明。八月四日死去。八十二歳。十日、青山葬儀所で、無宗教、献花式の「おわかれ会」が行われ、千百余人が集まる。

『松本清張全集』（文藝春秋）第六十六巻巻末の年譜をもとに作成

司馬遼太郎略年譜

和暦	西暦	年齢	▼印以下は主な作品の発表媒体と掲載日（連載開始日）
大正十二	一九二三	0	八月七日、大阪市浪速区に生まれる。本名福田定一。
昭和十七	一九四二	19	四月、国立大阪外国語学校蒙古語部（現・大阪外国語大学モンゴル語科）に入学。
十八	一九四三	20	十月の徴兵猶予停止を受けて十一月に仮卒業。十二月一日、兵庫県加古川市の戦車第十九連隊に幹部候補生として入営。
十九	一九四四	21	四月、中国東北部の陸軍四平戦車学校に入校。九月、大阪外事専門学校蒙古科（校名改称）を卒業。十二月、見習士官として旧牡丹江省の戦車第一連隊に配属。第五中隊所属の第三小隊長となる。
二十	一九四五	22	四月、本土防衛のため戦車第一連隊とともに釜山経由で新潟へ。五月、栃木県佐野市に移り、ここで終戦を迎える。母の実家に復員。
二十一	一九四六	23	京都に本社を置く新日本新聞社に入社。
二十三	一九四八	25	新日本新聞社倒産。五月、産業経済新聞社に入社。京都支局に配属。
三十	一九五五	32	九月、本名で『名言随筆サラリーマン』（六月社）を刊行。
三十一	一九五六	33	五月、『ペルシャの幻術師』で第八回講談倶楽部賞を受賞。『史記』の著者・司馬遷に遼かに及ばぬという意味で〈司馬遼太郎〉の筆名を名乗る。

昭和三十三	一九五八	35	▼五月、「講談倶楽部」に『ペルシャの幻術師』掲載。 ▼四月十五日、中外日報に『梟のいる都城』連載開始（〜一九五九年二月十五日　のち『梟の城』と改題）。七月、『白い歓喜天』（凡凡社）を刊行。
三十四	一九五九	36	一月、産経新聞文化部記者・松見みどりと結婚。 十二月、大阪市西区のマンモスアパートに転居。
三十五	一九六〇	37	▼五月、「面白倶楽部」に『大坂侍』掲載。 一月二十一日、『梟の城』で第四十二回直木賞を受賞。
三十六	一九六一	38	▼三月二十八日、「週刊サンケイ」に『風の武士』連載開始（〜一九六一年二月二十日）。七月、「オール讀物」に『最後の伊賀者』掲載。 三月、出版局次長をもって産経新聞社を退社。
三十七	一九六二	39	▼三月、「オール讀物」に『果心居士の幻術』掲載。六月十七日、東京タイムズに『風神の門』連載開始（〜一九六二年四月十九日）。 ▼五月、「小説中央公論」に『新選組血風録』連載開始（〜一九六三年十二月）。六月二十一日、産経新聞夕刊に『竜馬がゆく』連載開始（〜一九六六年五月十九日）。十一月十九日、「週刊文春」に『燃えよ剣』連載開始（〜一九六四年三月九日）。
三十八	一九六三	40	▼七月二十一日、「週刊読売」に『尻啖え孫市』連載開始（〜一九六四年七月五日）。八月十一日、「サンデー毎日」に『国盗り物語』連載開始

三十九	一九六四	41	（～一九六六年六月十二日）。十月二十八日、河北新報ほかに『功名が辻』連載開始（～一九六五年一月二十五日）。 三月、大阪府布施市（現・東大阪市）中小阪に転居。 ▼七月二十七日、「週刊サンケイ」に『関ヶ原』連載開始（～一九六六年八月八日）。十二月、「別冊文藝春秋」に『酔って候』掲載。
四十	一九六五	42	▼五月十五日、報知新聞に『俄―浪華遊侠伝―』連載開始（～一九六六年四月十五日）。十月十八日、「週刊文春」に『十一番目の志士』連載開始（～一九六六年十一月二十一日）。
四十一	一九六六	43	十月、『竜馬がゆく』『国盗り物語』の完結により第十四回菊池寛賞受賞。 ▼二月、「オール讀物」に『九郎判官義経』連載開始（～一九六八年四月のち『義経』と改題）。「小説新潮」に『新史太閤記』連載開始（～一九六八年三月）。六月、「別冊文藝春秋」に『最後の将軍―徳川慶喜―』連載開始（三回完結）。九月、「中央公論」に『豊臣家の人々』連載開始（～一九六七年七月）。九月二十二日、河北新報夕刊ほかに『夏草の賦』連載開始（～一九六七年五月十六日）。十一月十七日、毎日新聞に『峠』連載開始（～一九六八年五月十八日）。
四十二	一九六七	44	▼六月、「別冊文藝春秋」に『殉死』連載開始（二回完結）。
四十三	一九六八	45	一月、『殉死』で第九回毎日芸術賞を受賞。 ▼一月、「文藝春秋」に『歴史を紀行する』連載開始（～十二月）。四月

			二十二日、産経新聞夕刊に『坂の上の雲』連載開始（〜一九七二年八月四日）。
昭和四十四	一九六九	46	二月、『歴史を紀行する』で第三十回文藝春秋読者賞を受賞。九月、日本文学振興会評議員（直木賞選考委員）となり、一九七九年までつとめる。▼二月十四日、「週刊朝日」に『世に棲む日日』連載開始（〜一九七〇年十二月二十五日）。七月十二日、「週刊新潮」に『城塞』連載開始（〜一九七一年十月二十三日）。十月一日、朝日新聞夕刊に『花神』連載開始（〜一九七一年十一月六日）。
四十五	一九七〇	47	▼一月、「小説新潮」に『覇王の家』連載開始（〜一九七一年九月）。
四十六	一九七一	48	五月、韓国に取材旅行。九月、『司馬遼太郎全集』第一期全三十二巻（文藝春秋）を刊行開始。▼一月一日、「週刊朝日」に『街道をゆく』連載開始（〜一九九六年三月十五日）。
四十七	一九七二	49	三月、『世に棲む日日』などの作家活動により第六回吉川英治文学賞を受賞。▼一月一日、毎日新聞に『翔ぶが如く』連載開始（〜一九七六年九月四日）。
四十八	一九七三	50	二月二十四日、発起人となった「日本のなかの朝鮮文化を励ます会」の会合に出席。四月、ベトナムに取材旅行。五月、日本ペンクラブ理事に

			就任。八月、モンゴルに取材旅行。
四十九	一九七四	51	▼一月、「中央公論」に『「空海」の風景』連載開始（〜一九七五年九月）。四月二十六日、産経新聞に『人間の集団について』連載開始（〜七月十六日）。五月十一日、読売新聞に『播磨灘物語』連載開始（〜一九七五年二月十五日）。
五十	一九七五	52	二月、坂本竜馬の墓所を訪ねる。五月、日本作家代表団として日中文化交流協会より派遣されて中国を訪問。
五十一	一九七六	53	四月、一連の歴史小説により昭和五十年度日本芸術院賞（文芸部門）恩賜賞を受賞。▼十一月十一日、朝日新聞に『胡蝶の夢』連載開始（〜一九七九年一月二十四日）。
五十二	一九七七	54	十一月、中国に旅行。▼一月、「小説新潮」に『漢の風 楚の雨』連載開始（〜一九七九年五月のち『項羽と劉邦』と改題）。
五十三	一九七八	55	四月、中国の上海・蘇州・広州ほかに旅行。
五十四	一九七九	56	四月、中国に旅行。八月、大阪府東大阪市下小阪に転居。▼四月一日、産経新聞に『菜の花の沖』連載開始（〜一九八二年一月三十一日）。八月、「中央公論」に『ひとびとの跫音』連載開始（〜一九

			八一年二月）。
昭和五十六	一九八一	58	五月、中国に取材旅行。十二月十五日、日本芸術院会員に選出。
五十七	一九八二	59	二月、『ひとびとの跫音』で第三十三回読売文学賞（小説賞）を受賞。九月、スペイン、ポルトガルに取材旅行。十一月、大阪府が制定した「山片蟠桃賞」の創設に寄与し、審査委員に就任。 ▼六月十五日、読売新聞に『箱根の坂』連載開始（～一九八三年十二月九日）。
五十八	一九八三	60	一月、「歴史小説の革新」の功績により昭和五十七年度朝日賞を受賞。 四月、『司馬遼太郎全集』第二期全十八巻（文藝春秋）を刊行開始。五月、財団法人上方文化芸能協会が設立され、理事に就任。
五十九	一九八四	61	四月、中国に取材旅行。五月、日本文芸家協会理事に就任。六月、『街道をゆく 南蛮の道Ⅰ』で第十六回新潮日本文学大賞学芸部門賞を受賞。 ▼一月、「中央公論」に『韃靼疾風録』連載開始（～一九八七年八月）。
六十	一九八五	62	▼四月一日、読売新聞に『アメリカ素描 第一部』連載開始（～五月十九日）。九月二十八日、読売新聞夕刊に『アメリカ素描 第二部』連載開始（～十二月四日）。
六十一	一九八六	63	三月、第三十七回ＮＨＫ放送文化賞を受賞。九月、大阪国際児童文学館の理事長に就任し、一九九〇年までつとめる。 ▼三月、「文藝春秋」に『この国のかたち』連載開始（～一九九六年四月）。

			五月八日、産経新聞に『風塵抄』連載開始（～一九九六年二月十二日）。
六十二	一九八七	64	二月、『ロシアについて』で第三十八回読売文学賞（随筆・紀行賞）を受賞。三～四月、イギリス、アイルランドに取材旅行。
六十三	一九八八	65	十月、『韃靼疾風録』で第十五回大佛次郎賞を受賞。
平成　元	一九八九	66	六月、日本近代文学館の常務理事となる。九～十月、オランダ、ベルギーに取材旅行。十月、NHKスペシャル・司馬遼太郎トークドキュメント「太郎の国の物語」放送開始（全六回）。
二	一九九〇	67	四月、イギリスに旅行。七月、モンゴル、ソ連に取材旅行。 ▼十一月二十六日、読売新聞夕刊に『モンゴル素描』連載開始（～十二月四日）。
三	一九九一	68	三月、日本中国文化交流協会の代表理事となる。十一月、文化功労者として顕彰される。 ▼三月四日、「新潮45」に『草原の記』連載開始（～一九九二年二月）。
五	一九九三	70	一月、台湾に取材旅行。十一月、文化勲章を授与される。
七	一九九五	72	七月、NHK教育テレビ「ETV特集　宗教と日本人」に出演（三夜連続）。
八	一九九六		二月十日、自宅で吐血。十一日、国立大阪病院で手術を受けたが、十二日に死去。七十二歳。十四日、自宅で密葬告別式。三月十日、大阪ロイヤルホテルで「司馬遼太郎さんを送る会」を行い三千三百人が集まる。

「『司馬遼太郎が愛した世界』展」図録巻末の年譜をもとに作成

本書は、「ＮＨＫ人間講座」で二〇〇一年十月から十一月に放送されたテキストに加筆し、まとめたものです。

半藤一利（はんどう・かずとし）
一九三〇年、東京生まれ。一九五三年、東京大学文学部卒業。同年、文藝春秋入社。以来『週刊文春』『文藝春秋』各編集長、出版局長、専務取締役等を歴任。著書に『日本のいちばん長い日』『指揮官と参謀』『永井荷風の昭和』『ソ連が満州に侵攻した夏』『真珠湾の日』『漱石先生ぞな、もし〈正・続〉』（以上文藝春秋）、『戦う石橋湛山』（東洋経済新報社）、『日本海軍の興亡』『ドキュメント太平洋戦争への道』（PHP研究所）、『漱石先生大いに笑う』『幕末辰五郎伝』（以上ちくま文庫）など多数。一九九三年、『漱石先生ぞな、もし』で第十二回新田次郎文学賞を受賞。一九九八年刊の『ノモンハンの夏』（文藝春秋）では、第七回山本七平賞を受賞した。

清張さんと司馬さん

二〇〇二（平成十四）年十月二十五日　第一刷発行

著　者　半藤一利

発行者　松尾　武
発行所　日本放送出版協会
〒一五〇―八〇八一　東京都渋谷区宇田川町四十一―一
電話〇三―三七八〇―三三八四（編集）
〇三―三七八〇―三三三九（販売）
振替〇〇一一〇―一―四九七〇一
印　刷　廣済堂
製　本　石毛製本

http://www.nhk-book.co.jp
Printed in Japan
ISBN4-14-080719-9 C0095